玩具国

奇妙夜

【美】威廉·乔伊斯 著

马爱农 译

人民文学出版社

天天出版社

著作权合同登记：图字 01-2016-0451

图书在版编目（CIP）数据

玩具国奇妙夜 / (美) 威廉·乔伊斯著；马爱农译. -- 北京：天天出版社，2017.10
ISBN 978-7-5016-1233-8

Ⅰ.①玩… Ⅱ.①威… ②马… Ⅲ.①儿童文学—中篇小说—美国—现代
Ⅳ.①I712.84

中国版本图书馆CIP数据核字(2017)第171651号

责任编辑：崔旋子   美术编辑：邓 茜
责任印制：康远超 张 璞

出版发行：天天出版社有限责任公司
地址：北京市东城区东中街 42 号
市场部：010-64169902   邮编：100027
网址：http://www.tiantianpublishing.com   传真：010-64169902
邮箱：tiantiancbs@163.com

印刷：天津市豪迈印务有限公司   经销：全国新华书店等
开本：880×1230 1/32   印张：6.75
版次：2017 年 10 月北京第 1 版 印次：2018 年 3 月第 2 次印刷
字数：125 千字   印数：10,001~18,000 册

书号：978-7-5016-1233-8   定价：35.00 元

目录

第一章
失而复得

比利刚出生那会儿，差点就丢了性命。他刚来到这个世界时，心脏上就有个小洞。在出生后的最初几天，他很少待在爸爸妈妈身边，而是在那家医院的迷宫般的走廊里穿行，被推进一个又一个房间。医生们给比利做了很多检查，主要是想弄清那个洞到底有多大，是不是像一位医生说的那样"真的令人非常担忧"。

比利的妈妈和爸爸听说那个洞的时候，可远远不是一般的担忧。他们害怕极了，那种心情，只有在他们小时候，在他们还不会用语言表达自己的感受时，才曾经有过。他们此刻内心深深的不安和绝望，是没有任何语言能够描述和安慰的。一个新出生的婴儿，突然之间就成了爸爸妈妈最珍视的生命。在那奇迹般的一刻，他们之间形成了一条纽带，这纽带比生活中的任何东西都要牢固。

比利的心脏有个洞。他会好起来吗？肯定会的。他们只

27 号色

耳朵背面
8 号色

填充棉花

铃铛

8 号色

8 号色

27 号色

掌心

27 号色

脚底

精致布料

纱织围巾
82 号色

连帽衫
57 号色

条纹
65 号色

允许自己想这么多。

　　就这样，比利的父母忧心忡忡地坐在医院里，等待着消息，等啊，等啊，他们不知道是吉是凶，只能沉默地、痛苦地等待着。小孩子害怕的时候，会躲在被窝里，要么大哭，要么尖叫"我害怕！"，而大人只是一动不动地坐着，假装一切都平安无事——虽然他们也巴不得躲起来，大哭一场，或大喊大叫，但他们一般不会那么做。这就是大人所说的"应对"，其实只是用礼貌的方式表达他们的害怕。

　　比利爸爸的应对，是把两只手紧紧攥住，把牙关咬得生疼。比利妈妈的应对呢？是给比利做一件小小的绒布玩具。"玩具"这个词，在记忆中是令人愉快的。但"玩具"同时也是一个有限的词。在特定的情况下，一件玩具可以变得意义格外重大，远远不只是供人玩耍或娱乐的东西。

　　它可以变得充满神奇。

　　比利妈妈正在缝制的这件玩具，非常特别。这是用她精心挑选的各种赏心悦目的布料做成的，模样很讨喜，看上去像一只泰迪熊。但是比利妈妈又给它缝上了两只长耳朵，使它有那么一点像兔子。为什么要这么做呢？比利妈妈自己也没法解释。这样一来，它既不是熊，也不是兔子，而是一个完全与众不同的东西。它穿着一件蓝条纹的连帽衫，脖子上系着红围巾，一张简简单单的脸上写着希望，给人的印象十

分友善。

比利妈妈做这件滑稽的小兔子玩具时，具有敏锐的目光和作为一位母亲的直觉。她的针线活做得非常地道。这件玩具虽然是手工做的，但看上去一点也不古怪或粗糙——而是非常精致，具有非同一般的魅力。

这是一件真正重要的玩具。她告诉自己。

她坐在医院的候诊室里，一边努力让自己不为小宝宝比利感到害怕，一边给玩具增加最后一点内容，把它跟世界上的其他玩具区别开来。她在玩具的胸腔里轻轻地缝进了一颗小心脏。缝这颗心用的材料，来自她非常珍贵的一件东西——她小时候喜爱的一件玩具。那件玩具曾是她最心爱的宝贝。

　　她给那件玩具起名叫妮娜。是个漂亮的洋娃娃，她第一次把它拿在手里，这个名字就跳进了脑海，感觉再合适不过了。

　　妮娜陪伴了她的整个童年，一直得到她的宠爱，后来渐渐破损了，比利妈妈就珍藏着那条曾经非常漂亮的裙子的一片布料，以及曾经在妮娜身体里的那个小铃铛。

　　现在，比利妈妈童年的这些纪念物，将会在她为比利做的这件玩具身上继续存活。铃铛缝在心脏里，虽然蓝色棉布把它包裹得严严实实，但每次玩具被移动时，铃铛都会发出细微而悦耳的叮叮声。

　　比利妈妈缝完最后一针，微微闭了闭眼睛，无数件关于妮娜的往事像潮水一般袭来。但是她的回忆被打断了。比利妈妈意识到医生站在她面前。医生怀里抱着比利，比利裹着毯子，一动不动。

　　一时间，爸爸妈妈的心都不会跳了。然而医生笑眯眯地看着他们，而且他们听见比利发出了打哈欠的声音。

　　"是一个很小的洞，"医生解释道，"若是在几年前，我们甚至检测不出来。它自己会长好的。比利都不会知道有过这档子事。"

　　比利不要紧。

　　比利父母的担忧烟消云散，没等他们反应过来，比利就

到了他们怀里。比利紧紧抓住玩具的一只耳朵，那婴儿的小嫩手力气大得惊人。他嘴里发出一些好玩的小声音："**奥利，奥利，奥利。**"顿时，比利的父母就知道了这件玩具的名字：奥利弗，简称奥利。

他们绝对不知道的是，这一刻还发生了一个小小的奇迹——

奥利也知道了他的名字。

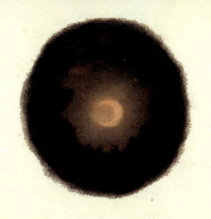

第二章

弯月

那天夜里，他们从医院回家时，比利一直紧紧抓住奥利的耳朵，一刻也不松手。妈妈抱着比利在医院里穿行时，玩具随着她的脚步摇来晃去。比利的爸爸笨手笨脚地拎着大包小包的尿不湿、药品、毛巾，以及护士给他们的各种婴儿用品，紧紧跟在妈妈身边，朝医院大门走去。妈妈和爸爸都忍不住微笑着看着比利，眼睛几乎不看别的地方。他们完全忘记了奥利的存在。

走到医院门口，他们谁都没有注意到大门自动打开，夜空明朗，群星璀璨，月亮在头顶上放射出清辉，但是比利和奥利注意到了。这是他们第一次看见天空。

比利的爸爸搀扶妈妈上车之后，才终于抬起了头。"月亮真漂亮啊！"他说。

比利的妈妈仰头望去，"是啊，"她说，"是蛾眉月。"

比利把奥利那只柔软的、土黄色的耳朵抓得更紧了。奥利一点也不觉得疼。相反，一件非常重要的事情随之发生，这种事情，只有当一件玩具被一个孩子抓在手里很长时间才会发生。奥利看着那弯弯的月亮，内心产生了他的第一个真正的想法。

它看上去也有一个洞呢，那个叫月亮的东西。希望它也能像比利那个洞一样，自己长好。

他们坐进汽车，爸爸关上车门时，奥利心脏里的那个铃铛发出轻轻的叮叮声。

奥利不知道月亮是怎么变化的。有数不清的事情奥利都还不明白。作为一件新玩具，最初几个小时心情是非常紧张的。就像沉睡了很长时间之后醒来，重新了解生活的每一个方面。特别是一件手工做的玩具。因为在布料里，在那一针一线里，可以感到或听到制作者的一些往事的碎片，如同回声一样。

因此，奥利对事物便有了某种感觉——关于大人和婴儿，关于夜晚和白天。但是他并不知道这些事物的名称，也不知道用哪个词来表达他此刻的感受。乘车回家的路上，充满了

默默的惊奇。他在车里注意到很多事情，心里产生了很多想法，也产生了很多问题：

这两个高个子是大人。比利是小人吗？

这两个大人是比利的爸爸妈妈。他们制造了比利。这个妈妈制造了我。比利是她的。但我不一样。

之后的一路上，他就一直在琢磨其中的不同之处。

他听着他们来到那个名叫"家"的地方，他们把比利放在那个名叫"摇篮"的东西里，他注视着他们轻轻关上"电灯"，然后他们"进入"一个名叫"梦乡"的地方。这些事情他几乎立刻就明白了。它们构成了生活的内容，如今他也是这生活的一部分了。但是还有些东西，他感觉到了，却叫不出名字。

摇篮里，比利搂着奥利的脖子，他们的脸几乎贴在一起。都是软绵绵、热乎乎的。奥利喜欢柔软，喜欢温暖，喜欢柔软和温暖给他的感觉。它们使他感受到一个名叫"安全"的词。除此之外，他还感到有另一种东西，一种非常强烈的东西，他在自己崭新的玩具脑袋瓜里苦苦搜索，寻找一个能清楚表达这种东西的词。

最后，当星星和月亮透过窗户洒下光芒时，奥利明白了他的不同之处。比利属于他的爸爸妈妈，但奥利知道自己只属于一个人。这就是他一直寻找的词："属于"。他属于比利。

而且他知道，这个词对他来说至关重要。它就像一条温暖的毯子，将会包裹他的全部生活。

第三章

安全的守护者

比利希望奥利每时每刻都陪伴自己，睡觉时总是把奥利紧紧抱在怀里。比利睡着后，奥利通常把脑袋贴在他的胸口，专心地听着朋友心跳的声音。

我没听见有洞呀，奥利想，可是话又说回来，我并不知道一个洞会发出什么样的声音。

他心中藏着的想法是：夜里把自己的铃铛心贴在比利的胸口上，就能让那个洞消失得更快一些。

真可惜，他的心里没有一个铃铛，他默默地想，不然我们就完全一样了。

确实，比利和奥利在很多地方都很像，因为他们是一同发现这个世界的。他们是一同变成"他们自己"的。不过，奥利看上去始终是那个样子，从来也没长大，比利呢，总是在经历某种名叫"阶段"的东西，每一个阶段都会带来许多新的体验，随之而来的是另一批不同的词汇。

一开始，比利是一个"新生儿"或一个"婴儿"。这些词汇，有些奥利听不懂，也始终弄不清它们为什么出现、为什么消失，因为对奥利来说，比利还是比利，在奥利的理解里，比利就是一个"小宝宝"。

可是，不管他们叫比利什么，他仍然是软绵绵、热乎乎的……当然也有例外。比利有时候"尿湿了"，有时候"臭臭了"，奥利认为"臭臭"这个词再合适不过了（听起来就是那么回事）。但是他发现"臭臭"的意思非常奇怪。这个"臭臭"到底是怎么回事儿呢？他暗自思索。他们应该给比利治治呀。他漏得很厉害。漏出来的东西多半是臭的。

比利到哪儿都带着奥利，因此，当比利变得太臭时，就意味着奥利有了某种名叫"嘘嘘"的东西。比利的妈妈会把奥利拿起来，贴近她的鼻子，然后说："有嘘嘘味儿啦！"一有"嘘嘘"，就意味着"要到洗洗去一趟"。奥利不喜欢"洗洗"，一点也不喜欢。这差不多是唯一让他感到害怕的东西。"洗洗"里面又黑，又湿，又吵，又吓人。而且总是要独自经历这些。他们从来不把比利放进"洗洗"。比利脏了就洗澡。

总是有更多的变化、更多的词汇。比利开始走路后，就变成了"蹒跚学步者"。在这个学步的阶段，比利总是用嘴巴叼住奥利的一个耳朵。比利愿意用这种方式带着奥利。我想，这能帮助他更好地学步吧，奥利思忖，他后来一直把走

OLLIE'S ODYSSEY

路说成"学步"。奥利打心眼儿里偏爱一些词汇。例如：

比利还是个小宝宝时，每次进行类似亲吻的行为，都会出现大量的流口水和吐口水的现象，爸爸称之为"滴答答"。跟"亲吻"比起来，奥利更喜欢"滴答答"这个词的读音。

"滴答答"听上去好像……我也说不清，好像更实在一些，他想。"亲吻"也不错，但是"滴答答"呢？感觉是来真格儿的。

到了上床睡觉的时候，比利总是从爸爸妈妈那儿得到一个晚安的"滴答答"。然后妈妈就会给比利掖好被子，说一声"奥利，你要守护他的安全"。说完便离开卧室，关掉了灯。

奥利非常重视妈妈的这个要求。"安全"，奥利喜欢这个词的读音，也喜欢这个词的意思，还喜欢这个词带给他的感觉。有点像"柔软和温暖"，但内容更丰富。

所以，守护比利的安全，是奥利最喜欢做的事情。他总是把脑袋贴在比利的胸口上，倾听他的心跳。

我是安全先生，奥利对自己说。我是安全的守护者，是比利星球的高级安全大使。

当比利不再是一个小宝宝，而是"小家伙""小男子汉"，或者，干脆就是"小男孩"（他不一直都是小男孩吗？奥利想）的时候，奥利也形成了自己非常独特的说话方式，比利完全

13

能够听懂。其中最喜欢的一个词是"好吃"。

这是比利最初学会的词汇之一，每当吃到什么真正喜欢的东西，他就会说这个词。当然啦，奥利是从来不吃东西的，但他也为食物而称奇，为食物对人们的影响而惊叹。

比利和爸爸每次吃冰激凌，都会把眼睛闭上，嘴里说着"好吃、好吃、好吃"，那神态简直让人感到害怕。妈妈会大声嘲笑他们，说："这俩家伙，简直幸福得要命了。"

于是，在奥利的心目中，"好吃"就是事物所能达到的最高境界了。

转眼比利快满六岁了，有一天过得特别愉快，充满了"好吃"和开心。晚上，他快要睡着的时候，突然问道："奥利，你知道吗？"

"不知道。怎么了，比利？"

"你知道我最心爱的东西是什么吗？"

"你爸爸妈妈给你晚安的滴答答？"

"嗯，很接近了。"

"一个特别'好吃'的日子，我们痛痛快快地玩个够？"

"也很接近了。"

"那我就不知道了，比利。"

"我最心爱的东西，在这间屋子里，在这座房子里，在这个国家，在整个地球，在外太空，在我们还不知道的所有

14

地方，我最最心爱的东西是……"

"什么？"

比利看着奥利，微微一笑，说道："你。"

最心爱的。这是一个非常重要的词。

在玩具王国里，成为最心爱的，是一种特殊的荣誉。非常"好吃"。不管哪个孩子，只能有一个最心爱的玩具，奥利是比利最心爱的。奥利对比利也是同样的感觉。他现在知道了一个词，比世界上的任何词汇都更能表达他的感情。"最心爱的"比"滴答答"好，甚至比"属于"还好，奥利想。它包括所有这些，还有更多。

比利房间里的其他玩具，立刻就知道发生了什么事。他们惊愕地交头接耳，议论纷纷——"奥利是最心爱的"——他们说了一遍又一遍。一群神秘的萤火虫聚集在窗外，似乎是听到了消息特意赶来的。一阵风吹过，它们消失了。

但是那天夜里，还有另一样东西也在倾听。严格地说，那东西不是一件玩具，也不是一个人。但是他仇恨所有最心爱的玩具。他派助手去寻找最心爱的玩具，一刻不停地寻找它们，就是因为有了那个东西，在未来的日子里，奥利不得不多次充当高级安全大使。

第四章

佐佐国王

早在比利出生之前，当他的妈妈像他现在这么大时，有一个小丑国王，名叫佐佐。最初，佐佐是一个快乐的小丑。他被一位聪明的发明家精心制作出来，那位发明家的最大心愿就是让孩子们高兴。每次佐佐被孩子们扔出的球砸中，从他高高的金色宝座上仰面倒下去，孩子们都非常开心。因为每次佐佐倒下，许多铃铛就会叮叮地响起，彩灯会闪闪烁烁地发光。那个孩子会得到神奇的好消息：可以在"砸佐佐游戏亭"天花板悬挂下来的一排排玩具中挑选一个，真的是随便挑哦。

最初那些日子，砸佐佐是当地人最喜欢的一家小游乐场里的最大亮点。佐佐本人非常帅气，戴着高高的尖帽子，和上过浆的环状领，穿着非常合身的天鹅绒西装。鼎盛时期的佐佐，骄傲地坐在他那红色和金色的高高宝座上，被无数盏灯照耀着，那样子简直就像一位坐在王座上的国王陛下。佐

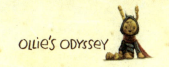

佐是一位善良、仁慈的国王，他不介意时不时地被球砸倒，因为那样就会有一个孩子高兴地大笑，就会有一件玩具找到自己的家。

要知道，那正是砸佐佐游戏的意义——实际上也是佐佐生活的意义——让这些玩具，佐佐的玩具，找到一个家，一个像样的家，在那个家里，说不定还能格外走运地被挑选出来，成为孩子最心爱的玩具呢。

一开始，佐佐根本不在意玩具们不断地进进出出。他从来不嫉妒其他玩具的好运气，不嫉妒他们有机会成为一个孩子的最心爱之物，因为他觉得自己是所有孩子最心爱的——至少是所有那些到游乐场来玩的孩子。

佐佐是这个游戏的中心，他为此感到非常骄傲。他总是坐得端端正正，腰板儿挺得直直的，耐心地等待被砸倒的一刻。

被砸倒并不疼，至少一开始是这样。发明家用的那些球都很软，而且孩子们经常砸不中。事实上，在刚开始的时候，某个孩子砸不中才是令人伤心的。因为眼泪会取代欢笑，砸佐佐游戏亭的那些玩具都会被一种淡淡的忧伤所笼罩。

不过，发明家心肠很好，总是愿意给人第二次机会，后来，他甚至还发明了一个机智的小按钮，就在他站的那个柜台后面，不管佐佐有没有被砸中，一按那个按钮，佐佐就

倒下了。

消息很快就在家长和孩子们中间传开了：只要去玩砸佐佐游戏，绝不会空手而归。这样一来，砸佐佐游戏就变得特别受欢迎了，佐佐许多时间都在被砸倒、被扶正中度过。每次摔倒，发明家都会给他重新整一整帽子和西装，用一块柔软的布擦去小丑笑眯眯的脸上的污迹，说一句诸如"干得漂亮，佐佐！"之类的话。这时，佐佐内心就会涌起一股暖流，产生一种力量，急切地盼着再被放上高高的宝座，继续"干得漂亮"。

就在佐佐生命中的这个黄金时期，一件新的玩具被发明家拿到了砸佐佐游戏亭。这件新玩具是个洋娃娃，准确地说，是位舞蹈家。

佐佐首先注意到的，是这位舞蹈家的姿势。大多数玩具都有点东倒西歪——当然啦，这也是没办法的事，因为他们大多是鼓鼓囊囊的绒布填充玩具。可是舞蹈家站得特别挺拔，一条胳膊优雅地弯在头顶上，两条腿并得很拢，脚尖踮起。她穿着鲜红色的舞蹈鞋，一条蓝裙子在腰部蓬松地鼓起。

她的头发是黑色的，在头顶上盘成一个整洁的发髻。她的脸像佐佐的一样，也是用笔画的，但是那位画家的笔调要精致细腻多了。舞蹈家的眼睛是用胶粘上去的，还有一圈翘翘的长睫毛，她那挺直的小鼻子，配上安详的弯弯小嘴，那

比例别提多完美了。每当有微风吹过，舞蹈家轻轻摇晃，就会传来一个铃铛发出的静静的叮叮声。佐佐看不见铃铛，但相信铃铛就在她的身体里，在她心脏所在的那个地方。佐佐无比喜爱那个铃铛的声音，他从中听见了一首歌，是他以前从未听过的——似乎只是唱给他一个人听的。

渐渐地，佐佐开始打心眼里欣赏这位舞蹈家，但总是远远地欣赏。他跟砸佐佐游戏亭的那些玩具都不怎么亲近，即使在孩子们都离开、游乐场里一片漆黑之后。不管怎么说，佐佐大小也算一位国王，作为国王，他需要保持某种尊严和距离。至少那些玩具是这么认为的。

而且，佐佐相信舞蹈家很快就会被人挑中，然后她就会一去不返，所以跟她交朋友是没有什么意义的。舞蹈家太美丽了，不可能在砸佐佐游戏亭待很长时间。

没想到，舞蹈家竟然待了下来。发明家把她挂在其他玩具的后面，那个角度没有一个孩子能看见。发明家还把舞蹈家的脸转向佐佐，而不是朝着游戏亭的外面。

她是唯一一个面朝佐佐的玩具。

起初，佐佐担心舞蹈家一次次被人忽视，会感到忧伤。但她似乎从不忧伤。她的表情始终没有变化。随着时间一年年过去，佐佐逐渐感到他们俩之间有了某种联系，某种没有说出口的微妙的东西，像一根金线把两个人拴在了一起。日

复一日，季节更替，佐佐每天都能看见舞蹈家，这给了他莫大的安慰。

后来，佐佐的眼里和心里只有舞蹈家了。他没有注意到游乐场的情况开始出现变化。他没有注意到游客越来越少，砸佐佐游戏亭前的队伍越来越短。他没有注意到周围的一些游乐设施关门了，挂出几块"内部装修"的牌子，然而，并没有装修工人过来，所以那些牌子一直没有取下。

佐佐倒是注意到了，有一天发明家没有回来。以前每天晚上发明家都会离开，但第二天总会回来。然而有一天早晨，他没有露面。

许多天过去了，没有人来给砸佐佐游戏亭开门营业。玩具们都感到不安和害怕。大家忧心忡忡，嘁嘁喳喳地议论开了。"我们会关张吗？我们会被扔掉吗？"他们互相询问。这时舞蹈家说话了：

"一切都会好的，"她安慰大家道，"佐佐会有办法的。"

这使玩具们安静了下来。他们都转过脸，望着宝座上的佐佐。佐佐听到舞蹈家这样信任自己，心里非常高兴。他尽量让脸上露出笑容，点了点头，"是的，"他对他们说，"我会想出办法的。"于是，玩具们平静下来，不再感到惊慌失措。然而那天夜里，佐佐感到十分焦虑。他们信任我，他想，我必须想出办法来。可是有什么办法呢？

信任是一种有力量的东西。它能带来超乎寻常的变化。对佐佐来说，玩具们的信任在他体内增长、燃烧，最后，他有了一样其他玩具几乎都没有的东西：一颗心脏。

起初，佐佐不知道自己有了什么变化。他感觉那么奇怪。他知道自己变得不一样了。他抬头看着舞蹈家，舞蹈家也看着他，他内心的喜悦那么强烈，超过以往任何时候，但同时佐佐也有了一些他很不喜欢的感觉。他虽然尽力了，却没有办法帮助那些玩具。他自己不会动，也不会用人类听得懂的语言说话。他唯一能做的就是希望。必须发生点什么事，他想。如果我不能促使事情发生，我在这里有什么用呢？玩具们为什么会信任我呢？时间一天天过去，情况没有任何改变，但玩具们一如既往地信任他。

佐佐的喜悦开始凋谢。喜悦不断凋谢，最后变成了另一样东西：一种深刻的、令人脸红的羞愧。他知道自己辜负了其他玩具，这种可怕的想法在他内心烧灼，使他那颗满怀希望的心变得黯淡无光。

究竟过了多少日子，玩具们已无法数清，有一天，终于来人了，但不是那位发明家，而是一个佐佐从未见过的男人。这个男人让游戏亭重新开张，但是孩子们来玩儿时，男人脸上却没有半点笑容。男人虽然知道柜台下面的那个秘密按钮，可以在佐佐没被砸中时让佐佐仰面摔倒，但他却从来不给孩

子们第二次机会。

"怪不得这地方不赚钱呢，"男人嘟囔道，"那老头儿简直是把玩具白送掉了。"

消息很快在家长和孩子们中间传开了：砸佐佐不像以前那么容易了。那段时间，孩子们仍然来排队，仍然努力想得到一件玩具。然而，他们几乎总是两手空空地离去。渐渐地，那些绒布填充玩具变得灰扑扑的，不再关心自己是不是东倒西歪。偶尔，一个孩子赢走了一件玩具，男人也从不替换新的。后来只留下了孤零零的几件玩具，舞蹈家就变得很显眼了。

男人还逐渐做了一些其他改变。他把佐佐往后挪了挪，离柜台更远了。他用硬球代替了软球。现在，当佐佐被砸中——不像以前那样频繁，偶尔也会遇到——每次都被砸得挺狠。佐佐脸上的颜料被蹭掉了一些。天鹅绒西装也弄脏了。环状领歪到了一边，帽子别别扭扭地皱成一团。

很快，排队砸佐佐的人越来越少，最后几乎没有了。接连许多天，有时候接连许多个星期，都没有一个游客。又过了一阵，游客不再是小孩子，而是年龄较大的青少年，甚至是成年人，他们讥讽奚落佐佐，笑话他脏兮兮的西装和皱巴巴的帽子。

尽管几乎没有什么人来，但游乐场还开着。砸佐佐游戏亭的一侧开始坍塌下来。油漆剥落。到处都落满了灰，积尘

越来越厚。剩下来的寥寥几个玩具不再互相交谈，佐佐感觉到他们不再信任他，不再信任任何东西。他们内心已经没有了希望。

但是佐佐仍然坐在他的宝座上。他还能怎么样呢？他唯一的安慰是舞蹈家。至少她还在，依然站在他的对面，用她那双美丽的眼睛凝视他，脸上带着安详的微笑。那根微妙的金线仍然把他们连接在一起。让佐佐内心的火光保持不灭的，唯有她。她站在那儿，无声地提醒佐佐回忆那些光辉的岁月，回忆他的西装一尘不染、他的环状领平整挺括的时候。她提醒佐佐回忆当年孩子和大人喜悦地开怀大笑，而不是恶意地奚落嘲笑。佐佐可以感觉到，她仍然信任他。

有一天，一家人来到公园。那位父亲小时候来游乐场玩过，现在想让自己的女儿见识一下。当然啦，一切都跟他记忆中的大不一样了，一家人正要离开，那个小姑娘在砸佐佐游戏亭前停住了脚步。

"哦，爸爸，看那个舞蹈家！她真漂亮！我们可以把她赢回家吗，求求你，求求你，可以吗？"

佐佐的内心深处一阵剧痛。这突如其来的疼痛令他愕然，他看着舞蹈家，舞蹈家也看着他。如果她被带走，如果他们之间的那根金线被割断，他真不知道自己该怎么办了。

不过，已经很长时间没有孩子赢到任何一件玩具了。这

个小姑娘凭什么会与众不同呢?

孩子拿起那个球时,佐佐让自己的目光从舞蹈家身上移开,聚焦于孩子头顶高处的某一点,他每次都是这样。佐佐像以前一样坐得端端正正,腰板挺得直直的,等待着。

第一个球没砸中,这是不用说的。第二个也打偏了。

然而,第三个球正中目标。打中了佐佐的胸口,正好就在心脏的位置。

就好像一道闪电,击中了佐佐的灵魂,把他砸得仰面摔倒。当机械装置让他重新立起来时,他内心一片麻木和绝望。他听见小姑娘开心地咯咯大笑。他还听见舞蹈家的铃铛在叮叮作响。

"你会成为我最心爱的玩具,"他听见小姑娘说,"我要叫你妮娜。"

似乎过了一万年,他的宝座才转回固定的位置。这时佐佐看到舞蹈家已经不在原来的地方。他可以看见悬挂舞蹈家的那个小钩子,仍然亮晶晶的,不像那些早就被摘走了玩具的锈迹斑斑的钩子。舞蹈家衣服上的一小段丝带还缠在钩子上,在寒冷的微风中微微摆动。佐佐无法接受他所看到的一切。然而,他听见了舞蹈家的铃铛那有节奏的叮叮声,那声音渐渐地越来越弱。

底座的齿轮"咔嗒"一声复位,他正好看见小姑娘用双

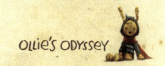

手抓住舞蹈家。她们已经走远了。

舞蹈家的脸在小姑娘的肩膀上隐约可见。佐佐可以看见她明亮而美丽的眼睛，可以听见小姑娘迈出的每一步，舞蹈家的铃铛都会随之颤动。然后，一家人绕过通道的拐角，消失了。离去了，佐佐再也听不见铃铛声了。

那根金线断了。

从那以后，佐佐觉得什么也不重要了。球砸在身上，无所谓。脸上沾了灰，衣服被撕碎，也都无所谓。

越来越多的"内部修理"牌子挂了出来，也都无关紧要了。游乐场没有一样东西会被修好，没有一样东西会修复如初。佐佐现在知道了。

男人接连几天不露面，后来索性再也不来了，但这不重要。游乐场彻底关门，游戏厅被遗弃，这些统统都无所谓了。

烈日炎炎，烤着佐佐那张画出来的、已经开裂的脸，狂风阵阵呼啸，大雨倾盆而下，这些统统都无所谓。后来地面也开始慢慢地风化、塌陷，拖着佐佐一起坠落下去，坠落到无尽的黑暗中，而这，也不重要了。

第五章

一次精彩的大"冒进"

对于比利和奥利来说，自从奥利被正式称为"最心爱的"之后，似乎并没有发生什么变化——除了生活比以前更加"好吃"之外。

每天从早到晚，他们都要搭城堡、爬树、骑自行车，发明各种游戏。比利和奥利大部分时间都在幻想冒险。有时候，沙发被幻想成岩石堆，地毯被幻想成一大片滚滚的岩浆，他们去厨房必须踩着椅子靠垫，以免被岩浆熔化。有时候，他们是大黄蜂，飞到东飞到西，嘴里发出嗡嗡嗡的叫声，还去叮咬汽车。下雨天，只能待在家里，出太阳了，可以去外面玩耍，这对他们来说都没有什么关系。唯一重要的，就是比利和奥利每时每刻都在一起，从早到晚，从来都不分开。

比利小的时候，只是随随便便地抓住奥利的一条胳膊、一条腿或一只耳朵——看哪儿顺手就抓哪儿——带着奥利从一个地方走到另一个地方。后来比利越长越大，爸爸妈妈就

给了他一个背包，那个背包不大不小，正好可以把奥利装在里面,带着一起去"冒进"。比利总是把"冒险"说成"冒进"。因此，当他对奥利说"我想，我们需要来一场大冒进啦"时，玩具奥利总是能明白他的意思。

冒进可能需要比利的爸爸妈妈也一起参与，比如去动物园，去看棒球比赛，或者只是去那个食品店。不过冒进也可以只有他们俩参加——比利和奥利，就他们两个。这样的冒险就被称为"大冒进"。

一场大冒进，可以是徒步攀登世界上最高的山脉，去一个特别遥远偏僻的地方，只有凶狠彪悍的雪人才敢把那里称为家园（其实就是家门口路边院子里的那个小山包）。一场大冒进，可以是一次远航，穿越一片片遥远而危

31

险的汪洋大海（通常就是穿过客厅里那张海蓝色的地毯），追寻一伙海盗和一箱被盗的黄金。一场大冒进，可以是乘坐火箭船（其实就是一个冰箱保温盒）飞到月亮上去，而月亮就在后院。

关于大冒进有几条规矩，这些规矩都是大人们制定的。如果比利和奥利要单独待着，必须每次都让爸爸妈妈知道他们会不会到房子外面去。后来，比利长大一些后，时不时会到院子外面去。所以，家里常常会发生这样的对话：

比利："就是想跟你们说一声，我和奥利今天要'学步'到月亮去。"

妈妈："没问题，亲爱的，太好了。那么，你们会离开院子吗？"

比利："可能吧。"

妈妈（对比利）："好吧，比利，别忘了那些规矩。"

妈妈（对奥利）："奥利，别忘了守护比利的安全。"

奥利："跟妈妈说'同上'。"

比利："奥利说'同上'，妈妈。"

比利和奥利都不知道"同上"是什么意思，但是比利的爸爸赞同什么事情的时候经常会这么说。他们都喜欢这个词

的读音。所以，"同上"就成了他们满腔热情表示同意的方式。

　　离开院子，就意味着要遵守第一条重要规矩：没有大人（也就是成年人）陪伴不许过马路。

　　这很重要。用比利爸爸妈妈的话来说，是"煞风景"，是"坏消息"，而且还是"高度违法"。根据比利和奥利的理解，任何违反规矩的事情都是"违法"。"违法"的例子太多了。饭前吃饼干，"违法"。睡觉前不刷牙，"违法"。独自过马路，简直是"超级违法"，可能会导致他们最害怕的一件事："陷入麻烦"。那个名叫麻烦的地方，他们是死活也不想靠近的。前一分钟，你还好好儿地站着，无忧无虑，突然，你就陷入了麻烦，为了一件你可能都忘记自己做过的事情。

　　然后，你就被一团"烦恼"的乌云笼罩了。那感觉太可怕了。你不知道会发生什么事，但肯定不会是好事，因为爸爸妈妈"对你很生气"，而当他们"对你很生气"的时候，那可不是闹着玩儿的。简直一点都不好玩。皱眉头，"回自己房间去"，"不许玩"，谁也不说话，而且不知道什么时候是个头。于是你开始想到汉泽尔和格雷特尔（由格林兄弟收录的著名德国童话），想到离家出走，或在森林里迷路，或被吓人的老妖婆抓去吃掉，或被变成青蛙，或者，只是永远失去了所有愉快的披被子、亲晚安，以及世界上全部的好吃。

玩具国奇妙夜

一旦"陷入麻烦",要爬出来简直有一万年那么长。麻烦时间过得比平常时间慢五十倍,比快乐时间慢三百七十七倍,快乐时间过得比其他所有时间都快。这真是很奇怪,而且很不公平,却是绝对不假的事实。不过,"麻烦"总会过去的,然后世界就会重新变得阳光灿烂,他们又会迎来笑脸、外出、玩耍和无穷的乐趣。

但是,有过"陷入麻烦"的经历,比利和奥利便老老实实地按照吩咐做事了,这倒也并不难,除非他们的皮球碰巧滚到了马路中间。那样的话,比利就要多花一秒钟时间,提醒自己的脚不要离开人行道,而是站在马路牙子上,等待某个邻居或某个大人把皮球扔回来。

比利和奥利站在那儿,等着皮球被扔回来,有时候他们就会猜想,如果让一只脚,哪怕只是一个小脚指头,悄悄地离开马路牙子,会发生什么事情呢?

"可能会有警报。"比利说。

"然后警察就会来。"奥利说。

"然后他们就会把我们关进牢房。"

"是啊。"

"而且把钥匙扔掉。"

停顿了片刻,奥利便说:"听起来跟'陷入麻烦'很像呢。"

"是啊。"

　　幸好，比利和奥利只需穿过一条马路，就能去他们最心爱的地方：公园。有一个好心人名叫"马路卫士"，负责保证比利和奥利能平平安安地过马路。马路卫士的真名是宾斯莱先生，比利就叫他 B 先生。

　　公园在这个街区的尽头，里面有古老的参天大树（比他们家院子里的树还大），还有一个游乐场。他们俩对"游乐场"这个词琢磨了好久。

　　"还有别的什么场吗？"奥利问。

　　"肯定有的，"比利回答，"麻烦场，就是出麻烦的地方……"

　　"喔哟。"奥利说。

　　"喔哟喂。"比利说。

　　公园里有桥，有地道，有绳索和秋千，还有单杠和滑梯，是一个适合许多大冒进的地方。而且还有一些别的小孩子，这是最棒的，比利和奥利在那儿交到不少朋友。比如拖鼻涕的汉娜，她脾气特别好，总是至少有一个鼻孔堵着。她还会应别人的要求喷出鼻涕泡儿，这简直让比利和奥利都佩服得不行。还有佩里，脸上有许许多多雀斑，特别有创造力，捡到好的棍子会跟大家分享。还有布奇，头发剪得非常短，喜欢在泥巴地里玩儿，很有意思，可是他有时候表面上装好人，背地里"干坏事"，然后说："对不起，那只是一个意外。"

其实才不是呢。大多数时候，比利和奥利更喜欢自己玩儿，只有他们俩，因为奥利像所有"最心爱的玩具"一样，总能一下子完全理解比利的意思，所以，如果比利突然说一句"有忍者——在灌木丛里"，奥利就会立刻回答"赶快埋伏"，然后他俩就会全身心地投入一种游戏，用不着解释其中的规则。

有时候，比利的爸爸妈妈陪着比利和奥利来公园，但随着比利渐渐长大，他们更多的时候并不陪着一起来。那也没关系。公园里总是有别的家长和友好的邻居，可以留意周围有没有异常情况，所以，比利在公园里是绝对安全的。

然而，对于奥利来说，公园不再安全。自从他被称为"最心爱的玩具"之后，就不安全了。比利和奥利还不知道，他们正在受到监视。监视他们的那些家伙，心地不善，经常为非作歹，做过许多违法的事，他们来自曾经的玩乐场所，但现在那些地方已经变得阴暗、残暴，充满戾气。

比利和奥利即将陷入一种麻烦，比他们之前所知道的任何麻烦都严重得多。

第六章

鬼头

其实早在奥利被命名为"最心爱的"之前，鬼头们就在监视他了。他们早就怀疑他会成为一个"心爱"。鬼头们打算在那个公园里绑架奥利。鬼头是一些发育不良、鬼鬼祟祟的家伙，是用破旧生锈的机器零件、电线、垃圾和磨损的玩具拼凑起来的。鬼头比小猫大不了多少，但是完全符合他们的名字所描述的：鬼头鬼脑，偷偷摸摸。

鬼头通常五个一组执行任务，每个鬼头都有各自的职责。

鬼头一号，负责密切监视那个"最心爱的"玩具。他们的任务是"锁定和通知"，最心爱的玩具在鬼头的话里被叫作"心爱"。

鬼头二号，负责时刻留意有没有人或其他东西看见他们。狗是一个严重问题。狗不像成年人，狗密切地关注着周围的一切。如果一条狗听见、看见或闻见鬼头，跑过来调查，鬼头二号就会小声说："汪汪来啦！"他们就准备逃跑、躲藏，

鬼头

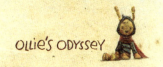

或者用小臭弹把狗赶跑，那种小臭弹是每个鬼头随身带着自卫用的。

鬼头三号和四号，负责抓捕和运送心爱。他们带着各种武器，有网子、钩子和用于捆绑的绳子。

鬼头五号是小组长，被称作"特级鬼头"，简称"特鬼"。

鬼头特别善于隐藏。他们总是在院子或公园的阴影处，或街道的下水道、排水管里活动。如果快要被人看见了，他们就瘫倒在地上，一动不动地躺着。若有谁留意去看，他们那样子就像一堆乱七八糟的垃圾。

比利和奥利对这些鬼头一无所知。他们压根儿也想不到，每次离开家时，鬼头都在跟踪他们。比利和奥利不知道，他们去公园玩耍时，鬼头在偷偷地监视他们的一举一动。当比利和奥利专心致志地玩一种好游戏时，鬼头始终都在不远的地方，看着他们，策划阴谋诡计。

话说，在这个特殊的日子里，比利觉得秋千那儿是个好地方，适合开始他们的大冒进。荡秋千时，奥利从比利的背包里悬荡出来。他们是在恐龙时代。比利和奥利都是翼龙，在史前的天空里盘旋。在几棵树之外一处灌木丛生的河岸上，有几个鬼头正在密切地监视。他们用咕噜噜的喉音悄声交谈。

鬼头一号："现在他们在荡秋千了，那个叫比利的男孩把心爱放在一个背——背——背包里。"

特鬼

鬼头三号："我们可以从那根矮树枝冲下去，就是秋千上方的那根枝子。"

鬼头四号："对啊！然后一起抓住那个背包！往上一扯，包里的心爱就到手了！"

特级鬼头："别说蠢话！太容易被人发现了！附近到处都是妈妈和爸爸。他们会大惊小怪，大声尖叫，一眨眼的工夫就会追过来，把我们抓住。"

鬼头二号："特鬼说得对。我们的前方、后方和左右两方都有家长。还有六个汪汪。两个拴着绳子，四个随意走动。"

特级鬼头："明白了吧！我们的臭弹不够，没法应付那么一大帮对手，所以还是继续监视吧。耐心等待。把活儿干得漂亮些。然后一举擒获心爱，以闪电般的速度回去见大老板。"

另外四个鬼头赞同地点点头，各自埋伏下来。可能需要花好多天，甚至好几个星期，他们的目标是偷走"最心爱的"。他们擅长此道。他们的大老板要的就是这个。

第七章
一位老朋友

游乐场的地面开始塌陷后，佐佐在他的旧家，那个倒塌了的游戏亭里生活了一些年。那是在游乐场的地底下，在迷宫一般的地下排水隧道里。许多旧亭子和游乐设施都被冲了下来，落在这些阴暗潮湿的隧道里。

这片巨大的地下世界，是一个悲哀的、幽灵出没的地方。佐佐的心脏，是许多年前他的玩具伙伴们信任他的时候长出来的，如今已经破碎。失去舞蹈家后，他的内心满是忧伤，虽然他像所有的玩具一样，在没人看见时能够活动，但他长年累月地躺在发霉、破败的旧亭子里，任自己渐渐腐烂，连眼睛也不眨一下，因为无尽的悲哀使他像一截木头那样没有了生机，失去了活力。

后来，他的悲伤腐败变质，开始变成另一种东西，一种更糟糕的东西。愤怒在他内心发酵。接着便是仇恨——先是微弱的闪光——随后开始燃起火苗。他一遍又一遍地想着小

姑娘带走舞蹈家时对她说的最后那句话：你会成为我最心爱的玩具。那句话烙刻在他逐渐发黑的灵魂里，印迹越来越深。最后，他想到一个办法，要为自己所受的伤害报仇雪恨，这时候佐佐才终于开始活动。

随着时间的流逝，佐佐慢慢地拼凑出了一个扭曲阴郁的世界，用的是游乐场的哈哈镜、缠结成一团的过山车轨道、巨大的快乐杯和天鹅绒雕像底座——这些都是从娱乐设施上脱落，被永远掩埋在地底下的。这个地方，位于所有排水隧道的中心，变成了某种实验室，佐佐就在这里开始施行他的复仇计划。

他一直是个敏锐的观察者。那么多年，他注视着那位发明家鼓捣各种各样的机器和装置。佐佐在那段时间学到了很多东西，现在，他把那些知识都用来完善一个越来越周密的计划。在完成他的这个地下世界之后，佐佐又开始创造这个世界的居民。

一支军队！他建造了一支由小怪物组成的军队，这些小怪物是用砸佐佐游戏亭剩下的破烂玩具，外加一些电线、金属和破布条拼凑而成的。每个小怪物都加了一滴铁锈油，就是侵蚀佐佐的机械装置、从他胸膛里渗出来的那种臭烘烘的液体。这些小怪物很快就忘记了他们作为玩具的单纯的前生，而变成了恶毒、阴险的家伙，组成一支大规模的军团。佐佐

把这些身材矮小、能力超强的怪物，命名为"鬼头"，他一丝不苟地训练他们，然后把他们派到人类世界，给他们下达了非常具体的命令——带回佐佐不能忍受的东西：最心爱的玩具。

第八章

太棒了，我们要去参加婚礼！婚礼是什么？

在比利和奥利经历过的所有大冒进中，最吓人的要算那场婚礼了。

一开始听起来倒是蛮带劲儿的。是一场派对，会有一个特别大的蛋糕。比利觉得听到这些就够了。可是，接着爸爸妈妈又开始解释他"必须要做"的所有事情。

必须"正装打扮"。不是像万圣节那样穿化装服——如果那样就太好玩了——然而不是。要参加婚礼，必须"穿西装"。爸爸偶尔也会穿西装，比利每次都觉得看上去非常别扭，也不好玩。只是……很像大人。如此一来，比利就必须到商店里去，"试穿"十种不同的西装。店里还有其他小孩子，他们似乎谁也不喜欢这档子事：到"试衣间"里去试衣服——脱衣服，穿衣服，然后出来，听售货员说一句"哦，看起来真漂亮"——不管那套西装的样子有多傻。

　　这个时候，奥利一直待在比利的背包里，他注视着，纳闷着，不明白这怪异的举动是怎么回事。一套西装实际上有好几个组成部分：一条裤子，这是不用说的，还有一件上衣，和一个很像上衣但没有袖子、被称作马甲的东西。此外，你还要穿一件特别干净的白衬衫，下摆要掖进裤子里，下面配一双黑色的短袜。

　　从商店回到家里，比利和奥利坐在比利的床上，看着这套西装的所有组成部分。

　　"我倒是有点喜欢这根瘦瘦的围巾一样的东西，"奥利说，"看上去跟我的围巾一样，只是漂亮多了。"

　　"他们管它叫领带，"比利说，然后把领带像围巾一样缠绕在脖子上，"但它更适合做围巾。"

　　"是啊。"奥利说，"而且，你戴上这个，看起来有点像我呢！"

　　"没错！"比利说，然后抓起奥利，把他举在前面，好像是在空中飞一样。比利在家里跑来跑去，嘴里发出飞机的声音。后来妈妈命令他停止，把领带收起来，因为领带"不是玩具"。从那以后，比利就不喜欢领带了。

　　"我真的非得戴领带吗？"在婚礼那天早晨，这已经是比利第一百遍问妈妈了。

　　"是的。"妈妈耐心地回答。

"为什么？"

"因为男孩参加婚礼都得戴这个。"

"为什么？"

"因为你应该正装打扮。"

"为什么？"

"因为那是一个特殊的场合。而且"——比利的妈妈赶紧往下说，不让儿子有机会再问一句"为什么"——"因为你看起来这么帅！"说完，她吻了吻比利的面颊。

比利皱起了眉头。他不认为自己很帅。他认为自己看上去像个外星人。既是比利，又不是比利。特别是后来妈妈把他的头发全梳到一边——他从来没留过这样的发型——然后，他把两只脚往那双"好鞋子"里塞，其实根本不是什么好鞋子，而是十足的倒霉玩意儿。非常难穿——不，简直根本穿不进去。最后，比利好不容易把脚塞进了鞋里，他那双"好袜子"全都在脚后跟那儿被挤出来，害得他的脚指头都伸不直了。鞋子本身沉甸甸的，硬得像水泥一样。而且热得要命。还磨得脚疼。比利真是讨厌死它们了。

"穿着这双鞋，我都没法跑步。"比利对奥利抱怨道。

"我猜就是为了这个目的。"奥利回答。

"是啊，我想你说得对。"比利承认。因为爸爸妈妈确实已经警告过他，在婚礼上"不许跑""不许玩""不许大喊大叫"。

比利必须安安静静地坐很长、很长时间，后来即使不用完全保持安静了，他也仍然必须表现得特别乖，那肯定就意味着"不能跑"。这个婚礼蛋糕肯定得特别**带劲儿**，比利想。

然而，关于这个婚礼，最最糟糕的一件事——比西装、"好鞋子"和"不许跑"还要糟糕——就是不知出于什么原因，比利的爸爸要求他把奥利留在家里。

"我为什么要把奥利留在家里？"比利惊讶地问。

"是这样的，婚礼是成年人的事情。"比利的妈妈解释道。

"你自己慢慢地也会是成年人的，"比利的爸爸接着说道，"也许应该让奥利歇一歇，把他留在家里了。"

比利看着奥利，奥利也看着比利，可是谁也没有说话。后来，爸爸妈妈离开房间，去完成他们自己的穿衣打扮了。

"没有你，我什么大冒进也不去参加，特别是什么倒霉的破婚礼。"比利嘟囔道。

奥利一开始没有回答。比利爸爸妈妈说的话令他感到疑惑。

"他们为什么说我需要歇一歇呢？"奥利终于问道。

他陪伴了比利这么多年，知道歇一歇的意思并不是把他折成两段，这是很难做到的，因为他是一件绒布玩具①。他

---

① 在英语里，"break"同时具有"弄断"和"短暂地休息"的意思。

知道歇一歇的意思就像打个盹儿或暂时停一停。可是，一般来说，只有当比利做这些事情时，奥利才会同样这么做。

"我不知道，"比利叹了口气说，"我猜是因为我慢慢长大了吧。"

"所以呢？"

"所以，我想，当我长大时，有时候就要把玩具留在家里了。"

"为什么要那么做呢？"奥利问，现在轮到他惊讶了。

"不知道，"比利低声说，"但我从来没见过哪个成年人带着玩具。"

"这倒是的。"奥利说。

"每个人都会长大。"比利说，声音更低了。他们俩都满心困惑，默默地坐着，时间过得似乎比以往任何时候都慢。

"你爸爸妈妈的玩具在哪儿？"这个问题脱口而出。奥利突然想到，除了在那本相册的照片里，他从来都没见过比利爸爸妈妈的哪怕一件玩具。相册是个厚厚的大本子，一页页沉甸甸的黑纸上贴着小小的四方照片。相册前面的那些照片都比较古老了，汽车的样子跟现在不同，看上去很滑稽，每个人都穿着怪里怪气的衣服。相册这部分里的人被称作爷爷奶奶、外公外婆、表哥表妹之类，但是奥利没有见过几位。相册里有一张照片，是比利妈妈小的时候。这张照片非常奇

怪，因为那个小时候的妈妈看上去既有点像比利，又有点像长大了的妈妈。这让奥利感到非常纳闷。一个小孩子竟然会变成另外的模样：变成**一个成年人**。

比利也没能完全弄清楚。他只知道，"总有一天"会发生这样的事，但那是很久很久以后，离现在还远着呢。他每天都会长大，最后，他不再长高，那差不多就算结束了成长过程，他就变成了**成年人**。

可是，在比利妈妈小时候的这张照片里，她怀里抱着一件玩具。一个洋娃娃。一个舞蹈家。她的名字叫妮娜。妈妈总是说，她打心眼儿里爱着妮娜。如果比利问那个洋娃娃在哪儿，妈妈总是指着自己的胸口，说道："就在这儿。"

"我不知道他们的玩具到哪儿去了。"比利承认道，终于回答了奥利的问题。

"那么他们怎么样了呢？"

"不知道。"比利又说了一遍，皱起了眉头。"就好像他们变得看不见了。或者，干脆消失了……我的意思是，我认为爸爸好像不记得他的玩具了。"

奥利大为震惊，再也说不出一句话来。最后，比利打破了沉默。

"我永远不会忘记你的，奥利。"他说，搂住自己最心爱

的玩具，"不管我长到多大。"

"你保证？"奥利轻声说。

"我保证。"比利回答。

可是，奥利觉得，那条名叫"属于"的坚固毛毯突然被撕裂了。

第九章

人多得数也数不清

这次谈话过后，比利拿定了主意，没有奥利，他哪儿也不去，尤其不会去参加婚礼。

比利在准备他"必须带奥利去参加婚礼"的发言时很讲究技巧。他已经把奥利放在了背包里，此刻背包就在他的肩头。因此，当爸爸妈妈站在大门口——准备离开家门，嘴里大声说道："快点，比利。我们走了！要迟到了！"——比利朝他们走去，开始了他的"讲道理"。

他的语速很快："我必须带上奥利，他真的很想见识一下婚礼，而且，如果我们把他留在家里，他就太孤单了，我已经把他放在我的背包里了，反正我本来就要带着背包的，因为我想带一块婚礼超级大蛋糕回家。谁也不会看见奥利，不会发现有什么不对，而且这能帮助我保持安静，不乱跑，不做所有那些我在这个婚礼上不能做的事情……"

比利话还没说完，爸爸妈妈就让步了，他们打开门，领

52

着比利朝汽车走去。成年人的许多事情比利都不懂，但是对于爸爸妈妈在某些情况下会有什么反应，他逐渐有了判断。比如，如果他们在赶时间，比利只要跟他们解释清楚，他为什么要做一件他们不让他做的事情，多半是很容易得逞的。哭闹会让爸爸妈妈抓狂。大声嚷嚷会让他们愤怒。而讲道理似乎能迷惑他们，拖延时间，如果大人正心急火燎的，肯定不愿意这样耽误时间。

开车去参加婚礼时，爸爸妈妈让比利保证，任何时候都得让奥利安全地待在背包里。他们说，比利已经是大孩子了，有责任把背包照应好，不让奥利丢失。

这些条件比利全都一口答应，这时，他们到达了婚礼现场。

"成功了，奥利。"比利小声说。

"同上。"奥利也小声回答。

到了婚礼上，那场面简直令人有些招架不住，人实在太多了，比利立刻就想跑、想跳、想大喊大叫，他觉得自己穿着西装和"好鞋子"，整个身体都快爆炸了，而那条领带简直要把他给逼疯。可是，他知道自己不能做这些事，于是他就跟奥利说话，不停地（但是小声地）用体育解说员的声音，详细报道现场的情况。

"这里人多得数都数不清，"比利对奥利说，"好多的西装。好多的大人。好多的漂亮衣服。好多的古怪头发。"

"大人们为什么把头发弄得那么古怪？"奥利问。

"我也不知道。"比利说，"女人年纪越大，头发也越大。"

后来，他们在长长的硬板凳上坐下，比利把背包塞在自己脚旁，因为一位老太太挤在他的一边，他妈妈坐在他的另一边，比利（小声地）继续进行实况报道：

"什么事也没发生，我们大家就是坐在这儿……等着……等着。现在，一伙穿西装的男人在前面站了起来，他们在等待着什么……一个男人的西装上别着一朵花！现在，大家又都站了起来……是结束了吗？没有，没有结束。一排女人从中间走过来，她们穿着非常好看的衣服。其中一个女人穿的衣服特别、特别漂亮。大大的、蓬蓬的、白白的。那个女人脸上笑眯眯的……不对，慢着，她在哭呢……不，她又笑了。好了，我们都坐下来了。"

大家坐了一段时间。比利什么也不需要说，因为一个穿黑色长大衣的男人，正在用低沉浑厚的声音说话，比利知道奥利能听得见，然后，另一个人开始唱歌，然后，另一个人开始念诗，这首诗好像永远也念不完，渐渐地，比利感到非常无聊，他有点犯困了。

过了一阵，那位穿着蓬松白裙子的重要女士开始说话，

55

之后，她身边那个西装上别着花的男人开始说话。接着，穿裙子的女士又笑又哭，她旁边那个穿西装的男人握住她的手，脸上挂着笑容，看上去也快要哭了。然后，其他人也是又笑又哭。比利环顾四周，似乎许多人都在边笑边哭——包括他旁边的那位老太太，包括比利自己的妈妈！

"成年人，竟然像小宝宝一样随便大哭，"比利悄声对奥利说，"这简直太古怪了。"

突然，前面的那位女士和那个男人开始接吻了。

"哇，好多的滴答答啊。"比利告诉奥利，接吻没完没了，他把脑袋低了下来，"重大滴答答警报。"

这时，音乐开始演奏，每个人都站起身，鼓掌，欢呼——甚至说话，大声喧哗，比利认为这本来是应该严厉禁止的——紧接着，他发现自己被裹到了一大群人中间。比利不停地说话，不停地向奥利讲述周围发生的所有奇怪事情，却不知道他的话再也传不到奥利耳中，不知道他的话其实落在了一个空空的背包上。

第十章

婚礼的真相
（鬼头的讲述）

鬼头们喜欢旅行，就像蛇喜欢爬行一样。藏在比利家车子的底下去参加婚礼，这样的旅行正是他们梦寐以求的。原因很简单：

第一，非常危险。

第二，汽车底下黑暗、吓人、气味难闻。

第三，有时候还能偷走汽车的一些零件，让汽车以后"抛锚"，这就意味着会给人鬼（他们这样称呼人类）带来许多麻烦。

第四，所有这些都是坏事，而坏事对他们来说是最有乐趣的。

许多天来，鬼头们一直在监视比利和奥利。他们躲在窗

OLLIE'S ODYSSEY

户根下或藏在花圃里偷听。他们挖一些小地道，可以穿过比利家的墙，神不知鬼不觉地从一个房间游窜到另一个房间。他们从电源插座或地板的小裂缝里偷偷监视。

所以，关于这场婚礼，鬼头们什么都知道。他们原来打算趁比利去参加婚礼时偷走奥利，因为那时候奥利独自待在家里。他们已经找到了进入比利房间的通道：靠近比利衣柜的地方有一个旧老鼠洞。他们在那儿等待着，没想到在最后一刻，比利让爸爸妈妈改变了主意。不过，鬼头们其实并不担心。他们从来不会失手。

特级鬼头："A 计划有变，小子们。看来要搭'趴地车'了。快！快！快！"

鬼头们难以抑制兴奋的心情，急匆匆地穿过墙壁，从前门台阶下一块松动的地板蹿了出来。他们要从那里迅速奔向停在车道上的汽车，那会比较危险——有大约十米的距离是完全暴露的，没有地方可以躲藏，只是一大片开阔的草地和水泥地。不过爸爸妈妈还在锁门，所以特级鬼头吩咐道，"快，快，快！"鬼头们就在比利和爸爸妈妈走下台阶的前一秒钟，飞快地蹿了过去，他们身上的金属碎片发出吱吱嘎嘎的声音，像在咯咯发笑。比利走过来时，鬼头们已经藏在了汽车前轮的后面。特级鬼头在比利打开汽车的后门时迅速瞅了一眼。

特级鬼头："很好。他带着背包呢。我闻到心爱就在

里面！"

比利的爸爸发动了汽车，鬼头们爬进车轮，在车轴上找地方安顿下来。开始倒车。片刻之后，他们就欢快地颠簸向前了，道路在他们身下哗哗地流淌。每次急转弯他们都高兴地尖叫起来。虽然，他们的身体都有许多钩子和小磁铁固定住，但还是非常危险，突然遇到的大坑会让他们统统丧命。这却让乐趣成倍地增长。他们欢呼喝彩，别提多开心了。

他们就这样疯疯癫癫、不管不顾地寻开心，这时，汽车停在了教堂前面。一旦到了这儿，活儿就比较简单了。人们一门心思只惦记着是不是准时，有没有迟到或错过了仪式，能不能找到一个好位置，根本顾不上来注意他们。

不过，超级鬼头还是提醒道："如果被发现，就装成垃圾。"

停车场上虽然有几十个人，但是鬼头只有一次差点被人看见。他们立刻瘫倒在地，假装是几堆垃圾，于是，就没有人再看他们第二眼了。

鬼头们混进了教堂里，偷偷摸摸地快速移动。他们从大厅一张桌上的装饰品中摘了几朵花，拿它们作掩饰，悄悄溜到了长凳底下。到了这儿，任务就很容易完成了。他们能看见比利的背包就放在前面的地上，跟他们隔了四条长凳。这是教堂里唯一的背包。他们蹑手蹑脚地在数不清的擦得锃亮的鞋子间穿行，偶尔停下来，在一位女士的白色高跟鞋上留

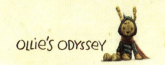

下一道黑色的擦痕，把一只看上去新崭崭的漂亮鞋子挠出道道儿。音乐声和谈话声掩盖了他们弄出的动静。当仪式结束，大家都开始鼓掌时，鬼头们已经离开了教堂。

在接下来的任务里，他们不会再搭乘汽车了。没关系。他们熟悉城里的每一条下水道。他们吧唧吧唧地踩着污水，为顺利完成任务而咯咯发笑。与此同时，比利正在吃他的第一块婚礼蛋糕。

比利吃到了蛋糕，他们抓到了奥利，把他装在了一个小小的黑麻袋里。

第十一章

最大最大的冒进

对比利来说，婚礼接下来的场景令人眼花缭乱。他从没见过这么多成年人站在那儿，**没完没了地说话**。**而且说得那么大声**。成年人怎么可以**这样大声**地说话？他们总是叫比利在室内小声说话，结果呢，现在明明是在室内，他们却全都扯足了嗓子，**每一个字都大喊大叫**。还有一伙男人在演奏乐器，使得各种噪音增加了十倍。

"那是一支乐队，"比利的妈妈解释道，"他们不是很有趣吗？"

比利甚至没有心思向妈妈解释，他对成年人的乐趣有了新的理解：很奇怪，很乏味，很吵闹，很让人尴尬。在过去的七百多个小时里，他不停地遭遇令他尴尬的情景。爸爸妈妈把比利拖到一百多万个各种各样的成年人面前，对他们中间的每个人，妈妈或爸爸都会用大声嚷嚷的方式打招呼："你好……"然后，他们就会拥抱，或者握手、微笑，那架势看着令人害怕，随后，他们转向比利，说道，"这是我们的小儿子比利。"接下来……事情……就变得……不正常。令人尴尬。简直像发神经一样。成年人会大声尖叫："他多**乖**啊！"或者**"他真可爱！"**有时还会加上一句，**"我真想把他吃掉！"**怎么？难道他们是**食人族**吗？比利感到纳闷。那些成年男人——无一例外！——都会说："哟，真是个英俊的小男子汉。"

几乎每一次，成年人都会把他们的一只手放在比利头上，莫名其妙地把他的头发揉乱。或者更糟，跟他搂搂抱抱。更可怕的是，亲吻他的面颊。

比利简直不敢相信这一切。婚礼把成年人变成了疯子，他想。他知道现在还不能告诉奥利。周围太吵了，而且成年人可能会看见奥利，而且谁知道再往后还会闹得多么不像话呢！搂搂抱抱，亲吻。算了，够了！

终于，大家都在一张桌子旁坐下了。比利的妈妈给他端来一个盘子，上面堆满了"精美食物"，意思就是一些难吃的东西用另一些难吃的东西包起来，以掩盖它们的难吃。比利死活都不肯吃藏在里面的芦笋！呸！可是，接着蛋糕就上来了。这个蛋糕确实令人惊叹。又大又白，顶上放着一对男女玩偶，却没有人拿它们当玩具。比利吃起了蛋糕，不一会儿就再也吃不下了。他就是从那时候开始犯困的。

他知道的下一件事，是突然被爸爸抱上肩头，离开了婚

礼现场。

"奥利在哪儿？"他在困意蒙眬中勉强低声问了一句。

"就在这儿。"妈妈告诉他，举起背包，轻轻拍了拍。

然后比利就到了汽车的后座上，他看见背包就在自己身边。后来他肯定又睡着了，因为接下来他发现自己已换上睡衣，躺在了自己的床上。

"奥利在哪儿？"妈妈给比利盖上被子时，他又嘟囔着问。

"就在这儿。"妈妈又说，轻轻地把背包放在比利的枕头边。

比利睡眼惺忪地翻了个身，把手伸进背包，然而，他的手指没有碰到那熟悉的蓬松和柔软，他腾地坐了起来。

"奥利在哪儿？"他几乎喊了起来，睡意全消。

"嗯，我相信他在……"比利的妈妈话没说完，也把一只手伸进了背包。她发现背包是空的，发出一声小小的呻吟："哦，亲爱的，我们不是告诉过你，在婚礼上不要把奥利拿出来吗？"

"我没有！"比利喊道，又把背包检查了一遍，"我一次也没有把他拿出来！"

"可能他从背包里掉出来了。"爸爸提议，他匆匆下楼去车里查看，但回来的时候摇了摇头，"不在车里，孩子。对不起。"

比利睁大眼睛瞪着爸爸妈妈，他觉得自己快要晕倒了。"我们必须找到奥利，"他说，"必须找到他。现在就找。"

时间很晚了，比利的爸爸妈妈都累了。但是他们知道，奥利对于他们儿子来说有多么重要，所以他们继续寻找。

"我们原路返回吧，"比利的爸爸说，"我丢东西时，这一招总是很管用。"

比利从床上起来，跟着爸爸妈妈走出了大门。当然啦，外面一片漆黑，而且降温了。他们检查了门廊，然后走下台阶，顺着人行道慢慢往前走，弯腰查看灌木丛底下，比利忍不住哆嗦起来。

"你太冷了。"比利的妈妈说，想把比利抱在怀里，但是比利挣脱出来，朝汽车走去。

爸爸妈妈帮着他找遍了汽车的每个边边角角，但奥利还是不见踪影。

于是，他们又顺着原路返回，这次是从汽车走到门廊，再走回楼上比利的卧室。

"他肯定是在婚礼大厅掉出来的。"比利的妈妈最后说道。

"那我们必须回去把他找到！我们必须顺着原路返回婚礼大厅。"比利又要往门口走，妈妈拦住了他。妈妈跪在地板上，这样她和比利就能眼睛对着眼睛了。

"听我说，亲爱的。今天太晚了，不能回去。那地方现

在已经关门了。大家都回家去了。"

比利闭上眼睛。他想象着奥利在桌子底下，在黑暗中，在一个陌生的地方。孤零零的。奥利从来没有独自睡觉过。

比利也没有。

"我们必须去找到奥利。"比利又坚决地说道。

"对不起，孩子。"爸爸把一只手放在他的肩膀上，也跪了下来，"今晚实在太晚了。"

"不会有事的，我保证。"妈妈说着，她紧紧拥抱比利，"我们明天一大早就去找奥利。谁也不会把他拿走的。他在那儿很安全，我们把他拿回来，一切就都好了。"

他们不停地重复这句话：**一切都会好的**。比利很想相信他们——真的很想。但是做不到。他知道出事了，他知道奥利遇到了麻烦。他也弄不清自己是怎么知道的。但是那感觉确实存在，怎么也不肯离开。

"亲爱的，还是回去睡觉吧。"妈妈说，比利乖乖地这么做了。他回到床上，让妈妈给他掖好被子。

"一切都会好的。"妈妈又说了最后一遍，和爸爸一起亲吻比利，祝他晚安，比利点点头，假装相信妈妈的话，然后闭上了眼睛。

他等待着。他等待着爸爸妈妈盯着他看了很长时间之后离开房间。他等待着他们的脚步声消失在走廊尽头，等待着

他们的说话声也渐渐低了下去。他一直等到一切都归于平静，只有老房子本身发出吱扭吱扭的轻响。他一直等到月亮爬到了窗户最高的那个角上。

　　然后比利睁开了眼睛。

　　他要去完成有生以来最大最大的冒进。

　　他要去寻找奥利。

第十二章

佐佐的魔窟

也许这是一个游戏，奥利一开始这么想。某种婚礼冒进游戏，小小的花仙子把你装进一个麻袋里，带到什么地方藏起来。就像在玩捉迷藏。比利玩捉迷藏很厉害。他一眨眼的工夫就能找到奥利。难道奥利应该去找比利吗？那么，这些小小的花仙子又是谁呢？

可是时间一点点过去——感觉过了很久很久——奥利还在麻袋里。

哇，这真是一个特别长的捉迷藏游戏，奥利想，而且让人感到很不舒服。奥利被扔来扔去，摔摔打打。这些花仙子的动作够粗野的。后来，他被同样粗野地丢出麻袋，扔到冷冰冰、硬邦邦的地上，这……这是什么地方？

这个房间跟他以前见过的房间都不一样。非常大——大得产生了回音。所有的一切都藏在阴影里。

奥利仍然希望是在捉迷藏。"准备好了吗，我来啦！"

他的声音发出凄凉的回音，最后归于静默。

"好吧。一，二，三，不许动！"他又试了试。又是回音，但这次还传来一些窃窃私语。"不许动。""哟，他说'不许动'呢。""不动，不动，不许动。"

奥利的眼睛适应昏暗的光线后，开始辨认出周围墙上挂着一些东西，有好几十个。他们都在喃喃低语。他走到房间的一边，看出那些东西都是玩具。大量的玩具。跟他一样，又跟他不一样。这些玩具都已褪色、肮脏。一些地方——好多地方——都破损了——填充物从一条胳膊或一条腿里冒出

来，或者一只耳朵不见了踪影。许多玩具都用散乱缠结的电线绑在墙上。看上去绑得非常紧——电线深深勒进一些玩具的布料里。奥利觉得用这种方式存放玩具非常可怕，他忘记了捉迷藏的事，开始纳闷这一切都是谁干的，原因是什么。

"嗯，对不起。"奥利对离他最近的一只泰迪熊说。泰迪熊似乎直盯着奥利，不过也很难说，因为他的一只眼睛不见了，另一只眼睛被一种独眼眼镜似的东西固定着。奥利问他，"你是比利爸爸妈妈的一件玩具吗？就像阁楼上的那种？这里是阁楼吗？我在这上面，比利恐怕找不到我。我的意思是，他从来不可以独自到阁楼上来。"

"比利是谁？"独眼熊问道。

奥利惊讶地看着他。也许独眼泰迪熊已经在阁楼上待了很长很长时间，没有人跟他说起过比利的事。

"比利是我的小主人。他住在这个家里。这里是阁楼，对吗？"

"没有小孩子住在这里。"近旁另一个貌似大象的玩具说道。

"而且这里也不是阁楼。"一个断了胳膊的流浪汉说。

独眼泰迪熊说："你是在佐佐这儿。"

"佐佐是什么？"奥利问，心想，这也许是比利爸爸最心爱的玩具的名字。

"你会看到的。"独眼泰迪熊说完,就把那只独眼转开了。

又是一片寂静,奥利竭力想弄清自己在什么地方。也许,他想,这一切都跟那场婚礼有关。

一个可怜巴巴的发霉的小白兔,爪子上缝着一根小胡萝卜,突然打断了奥利的思路。"你是一件最心爱的玩具,是吗?"

奥利点点头。"是比利最心爱的。"

"我也曾是最心爱的,"大象插嘴道,"以前。我们都是最心爱的……以前。"他叹了口气补充道。

"谁把你当成最心爱的?"奥利问大象。

大象的塑料眼睛亮了一下,很快就熄灭了,变成暗淡无光的黑色。"是一个小姑娘……"他的话音低了下去。

"他记不得小姑娘的名字了。"胡萝卜小白兔解释道,"你在佐佐这儿待的时间一长,就会出现这样的事情。你就会忘记你的小主人。"其他玩具也喃喃地低声附和。

"这不可能。我永远不会忘记我的小主人,"奥利喊了起来,"我永远不会忘记比利!"

又是静默。死一般的静默。奥利可以感觉到玩具们都在注视他。不只是流浪汉和大象,所有别的玩具也都盯着他看——那些在黑暗中无法辨认的身影。

独眼泰迪熊又说话了,他的语气并不刻薄,似乎只是陈

述一个简单的事实："等着吧，你会看到的。"

可是奥利不想等。他一点也不喜欢这个地方。黑黢黢的，气味很难闻，有点像比利家的地窖——潮湿，发霉——但比地窖还要糟糕许多倍。

"我现在想离开了。"

奥利本来没想把这句话说出来，但他肯定是脱口而出了，只听那些身影发出一些喃喃的回应。

"偶尔会有一个玩具逃出去。"大象承认道。

"但是鬼头总会把他再抓回来。"胡萝卜小白兔加了一句。

"就是把我带到这儿来的那些家伙吗？"奥利问。

"没错。"独眼泰迪熊说，"他们把你关在这儿。"

"哼，他们别想关得住我。我要走了。"奥利说，"我会带我的比利来把你们都救出去。"说完，他就开始寻找出去的路。

玩具们继续用呆滞无神的眼睛盯着他。

"新来的都不肯相信。"奥利听见其中一个这么说。

奥利以前一直觉得自己很勇敢，然而那一刻，他突然感到有一丝胆怯。他开始发抖，抖动的幅度正好让他体内那颗小铃铛心脏开始叮叮作响。其他玩具没说什么，也不知他们有没有听见这声音。奥利听见了，并且感觉到了，这时他想起了比利，想起了比利的妈妈，想起了比利的妈妈说过，她

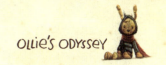

亲手做出了奥利，是为了让奥利好好照顾比利。想到这里，奥利感到自己又坚强起来。

　　我要离开这儿，他告诉自己。奥利看看左边，觉得有点眼花，又定睛往左边看，发现有一个黑暗、潮湿的门洞，他断定那肯定就是出口。奥利又开始发抖——铃铛心脏发出叮叮的声音——不过这次是因为兴奋，他在阴影里摸索着往前走。突然，一个声音响了起来。

　　"不是这个！"这声音跟奥利以前听过的都不一样。

接着又说，"这不是我最心爱的！"

声音里充满怒火，充满仇恨——这些情绪奥利从没有了解过，但现在感觉到了。奥利转过身，看见一个身影，以前肯定曾是一个玩具。一个小丑玩具。

奥利知道小丑。他跟比利一起去看过马戏。他知道小丑应该都是快乐、滑稽的。其实他们经常并不是这样。即使嘴唇在笑，他们的眼睛却经常暴露了他们内心的忧伤。

而站在奥利面前的这个小丑，甚至根本没有假装出笑容。他的红嘴巴往下撇着，露出一个可怕的狞笑，宽宽的额头上，两道浓黑的眉毛构成一个大大的 V 字。他脸上的颜料开裂、剥落了，身体也似乎正在被逐渐腐蚀。他的尖帽子歪歪扭扭地皱成一团。然而他的眼睛里并无忧伤。他的眼睛非常恐怖，黑得像炭一样，似乎能看穿奥利的内心。

"他只是个绒布玩具。"佐佐对他身边的鬼头随从吼道，"不是他。"

"但他是个最心爱的，佐佐。"特级鬼头说道。佐佐立刻对他怒目而视。

"我是说'老板'！"特级鬼头纠正道，一边赶紧拜倒在地。

佐佐发出厌恶的声音："而且他是手工做的。"

奥利从不知道恐惧为何物。但他此时此刻的感觉，这种可怕的忐忑不安，是什么呢？——这个家伙是谁呢？我为什

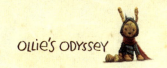

么会在这儿？他们想干什么？一切都是未知数——这些情绪肯定就是恐惧。不过比利的爸爸妈妈总是说："别害怕。"比利也这么说，因此，奥利拿定主意，自己绝不会害怕。

"我是奥利。"奥利说，声音里没有丝毫的胆怯。他清了清嗓子，让自己的话音更响亮，"这是我的名字，奥利。你的名字是佐佐。'佐佐'跟'奥利'有点像。你有两个 Z，我有两个 L，Z 是字母表上的最后一个字母。你还有两个 O，我只有一个。真希望我的名字里也有两个 Z 和两个 O。[①]你有一个很酷的名字。"

死一般的沉寂。没有人说话。没有人动弹。

然后，传来一个奇怪的声音。一种沙哑的、乱糟糟的声音。

是笑声，奥利意识到了。佐佐在大笑。

"真有趣！"佐佐说，他看着那些鬼头，"真有趣，是不是？"

鬼头们领会了他的意思——反应很快。他们也哈哈大笑。越笑越响，越笑越响，因为这似乎能让老板高兴。

"是啊，真是太有趣了！"鬼头一号说。

"太过瘾了！"鬼头二号加了一句。

"'佐佐'是一个很'酷'的名字。"佐佐说。然后，他

----

① 佐佐名字的英语写法是 Zozo，奥利名字的英语写法是 Ollie。

的笑声戛然而止。鬼头们过了一会儿才意识到玩笑结束了，特级鬼头不得不使劲拍打鬼头一号和二号的脑袋，让他们止住笑声，四下里终于又安静了。

"我跟你一点也不像，小绒头。"佐佐讥笑道。然后他转向那些鬼头，"把他捆起来！"

没等奥利发出抗议，鬼头们就抓住了他，把他弄到房顶曲里拐弯的天花板上。然后，他们开始把他紧紧地捆在一根从湿漉漉的水泥里钻出来的破旧钉子上，让他跟别的愁眉苦脸的玩具为伍。他们把电线越拽越紧，奥利担心身上布料的接缝处都要被扯开了。他那颗小小的铃铛心脏发出了清晰的叮叮声。

"等等！"佐佐在下面吼道。那些鬼头都不动了。奥利不知道是应该感到庆幸还是感到害怕。佐佐抬头看着他，"那是什么？"

鬼头们不知道佐佐问的是什么。鬼头二号把一条胳膊前后晃动了几下，发出了跟奥利的铃铛类似的金属声。"是这个声音吗，老板？"他问。

佐佐还是瞪着眼睛，那目光似乎要把他们都看穿。别的鬼头也赶紧比比画画，各自展示他们吱吱嘎嘎、丁零当啷的胳膊肘、脚踝、手臂、大腿和脑袋，形成了一曲非常刺耳的小型金属交响乐。

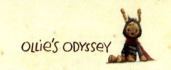
OLLIE'S ODYSSEY

最后，佐佐怒吼一声："**够了！**"他厌恶地转过身，离开了他们。

"奥利，"鬼头们开始嘲笑他，"两个 L 的奥利！"

"喂，我要在这里待多久？"奥利挣扎着问，"我的意思是，到了上床掖被子的时候，比利会找我的。"

一个鬼头放声大笑起来，"这个半熊半兔的小绒头还想要回家呢。"

"他还想知道他要在这里待多久呢。"

又响起了更多的笑声，"是啊，真是好样儿的。"

奥利也想大笑几声，可是没等他笑出来，第一个鬼头大声喊道："**永远！**"

奥利不笑了。鬼头们还笑得挺欢。后来，他们爬到阴暗龌龊、纵横交错的隧道的其他地方去了，但他们的笑声还在久久地回荡。

奥利闭上眼睛，努力让自己相信已经回到了家里，回到了比利的床上。他试着想象比利此时此刻在做什么，他试着弄清怎样才能永远离开这个鬼地方。

第十三章

奶酪和激光剑

比利等待着爸爸妈妈离开，等待着他们的声音逐渐低弱，家里安静下来。这个时候，他除了竭力保持清醒，还做了一些别的事情。他在筹划。他在制定他的"拯救奥利夜间秘密行动"计划，感觉至少筹划了二百一十七个小时，或者说，一直筹划到半夜三更。他看着那个布谷鸟钟，每个小时，那只小蓝鸟都会跳出来，比利并不知道具体的时间，因为他"小时候"把钟上的两根指针都弄坏了，其实那也就是五个月前，但既然是"小时候"，感觉就像很久很久以前。

为了这次行动，他把自己的背包准备好，对此他考虑再三。"考虑再三"是他知道的最复杂的词之一。考虑。再。三。"考虑再三"这个词为什么要搞得这么复杂呢，其实它的意思就是"想"。也许，这又是成年人的一个花招，要让本来没那么复杂的事情显得很复杂。成年人总喜欢玩这一套。

　　比利考虑再三、反复思索，脑子一刻也没闲着，人也一点都不困。背包里基本上装满了比利认为他可能需要的东西。

　　一是他的激光剑。喇叭坏了，发不出那种击剑的声音，但没关系，因为这是一次超级秘密行动，也就意味着需要绝对没有声音。激光剑的手电筒部分才是最重要的。能帮助比利在黑暗中看见（多少能看见点吧），既然时间已经过了午夜，四处肯定都是一片漆黑。黑暗，说实话呢……还是挺让人害怕的，不管别人怎么说。黑暗对小孩子来说非常恐怖，而比利是独自一人行动，黑暗准会是一种超级巨大、填满周围所有空气的"吓人魔王"。另外，万一碰到狗、狼人、发了疯的僵尸，或**任何一种**怪物的话，激光剑也是一种很厉害的自卫工具。

　　二是蜡笔。比利也说不清他为什么需要蜡笔。只是觉得蜡笔让他感到安全。

　　三是奶酪和金鱼饼干。如果旅途很长，他会肚子饿的。

　　四是四根绿苹果棒棒糖。味道美极了，而且比利有时候假装它们能让自己变成隐形人。

　　五是两把塑料玩具小人，和一个软软的塑料小飞马。说不定什么时候就会需要几个塑料玩具小人。没准儿他们会像中了魔法一样活过来，救比利一命呢。是不是？而一个软软的塑料小飞马，是每个人都应该带在身边的，不管遇到什么

事情。

　　差不多就这些了。别的都在他的连帽衫口袋里。爸爸妈
妈的手机号码，他的家庭地址，还有另外几片奶酪。
　　比利换上自己最喜欢的睡衣，穿上那双跑得最快的鞋子
（里面带有一种气垫）。他把枕头压扁了塞在被子里，看上去
就好像他还睡在床上，然后他转身最后看了一眼自己的房间，
蹑手蹑脚地顺着过道走去。
　　"再见了，伙计们！"他对所有的东西说，"我会尽快回
来的。"

第十四章

见不得人的房间

佐佐在他的工作室里坐定，感到心绪烦乱。这个房间也许是他唯一的安慰。在这个房间里，佐佐努力改变自己的过去，伺机报仇雪恨。在这个房间里，他做出了第一批鬼头，用的是旧游乐场留下的那些破破烂烂的玩具——那些玩具从来没有在某个孩子身边陪伴过。他们从来没有坐在大树下的草地上，成为一场假想的冒险游戏的主人公。他们从来没有被小手紧紧抓住滑下一道滑梯。从来没有在一场可怕的雷暴雨中，被搂在怀里躲在被子底下。从来没有充当过悲伤的温柔缓冲，也从来没有感受过被搂抱、被玩弄、被扔来扔去的快乐。他们从来没有成为让一个孩子的童年完美无缺的那件东西。

因此，这些东倒西歪、从未被爱过的玩具，正好满足了佐佐的需要。他们身边除了佐佐没有过别人，所以只能从佐佐那里学会一些阴暗刻薄的东西。佐佐利用了这点，让他们

去做他自己做不了的事情。佐佐已经变得浑身锈蚀，行动缓慢。说句实话，他很害怕外面的世界。他无法掌控那里发生的一切。但是在这里，在这个见不得人的房间里，他有绝对的统治权，鬼头们对他言听计从。那些鬼头都很粗野，他们动作敏捷，心思歹毒。他们偷偷摸摸，行动起来神不知鬼不觉，就连小鸟、松鼠和狗也很少能听见他们的动静。最心爱的玩具一旦被鬼头盯上，多半是凶多吉少。

总的来说，他们是一批鬼鬼祟祟但非常快乐的家伙，很享受做鬼头的乐趣。他们喜欢做坏事、偷玩具。不过，当佐佐沉默、安静下来，就像今晚这样时，他们就会变得比佐佐更沉默、更安静。佐佐"沉默发作"（鬼头们这样称呼这种情绪）的时候非常可怕。这意味着佐佐"陷入了回忆"，肯定不会有什么好结果的。

佐佐坐在宽大的工作台旁，台面上很有条理地放着旧玩具的局部和残片：胳膊，腿，脑袋，身体，耳朵，尾巴，布料，线头，金属碎片，以及生锈的弹簧，钉子，螺母——跟他以前制造鬼头时用的那些东西类似。但是在桌子的中央，在一块漂亮干净的白色布料上，有一件显然与众不同的玩具，制作得非常精心和考究。这是一个舞蹈家，看样子本来是想做成妮娜的。虽然每个细节都一丝不苟，但她仍然不是妮娜。布料、颜色和脸都非常接近，是用跟佐佐记忆中的妮娜最匹

配的材料制作而成的。然而，只是非常接近，跟他需要、希望或期待的样子仍差着十万八千里呢。

　　此刻，佐佐坐在他那腐烂的、金色颜料几乎完全剥落的旧宝座上，默默地盯着他凭记忆制作的这件没有生命的玩具，一言不发。鬼头们忐忑不安。他们的不安是有道理的。因为佐佐想起了一个声音，一个他很久很久以前听见过的声音，叮叮的铃铛声。

第十五章

午夜走廊和大猩猩

比利走在通向前门的走廊上。四下里一片黑暗，只有小客厅里闪着灯光。电视机还开着。比利注意到了，但并不担心。时间已经够晚的了。爸爸妈妈到这会儿肯定睡着了。如果电视节目好看他们就更容易睡着了。不过，比利还是谨慎地朝小客厅里看了一眼。没错，爸爸妈妈果然像布娃娃一样，四仰八叉地躺在 L 字形沙发上，睡得正香。

他们看的那个频道，总是在播放一些黑白电影，就是爸爸说的"想当年"那个时候拍的。比利发现这些电影非常有趣，但也非常奇怪。黑白电影里没有彩色。只有白色、灰色和黑色。所有的爸爸都戴着草帽，妈妈都穿着紧身裙子，汽车都是圆乎乎的大家伙。而且，**所有的**人说话时嘴里都喷出烟来。他们说话时嘴唇之间还叼着名叫雪茄的奇怪的小棍子，那些小棍子也在冒烟。人们说话的速度都特别快。另外，好像每个人都有枪。他们站在那儿，语速很快地说话，嘴里喷出一股

股烟，过了一阵，他们十有八九就会拔出枪来，就连妈妈们也不例外，然后音乐会变得特别响，每一个人——妈妈，爸爸，爷爷辈儿的人——都会开始打枪。

比利对这件事琢磨了很久，断定在那些黑白片时代，人们的火气都很大。

可是今晚，黑白片频道播放的节目，竟然比平时更加奇怪了。比利简直不敢相信自己的眼睛，他不由自主地被屏幕吸引过去。他不知不觉地走进房间，瞪大了眼睛站在那儿：一只大猩猩——特别、特别大，像房子那么大的大猩猩——站在一座高高的尖顶楼房的顶上。不仅如此，他手里还抓着一个正常大小的女人，看上去女人就像巨大的大猩猩手里的一件玩具。

画面上还有飞机，带有两对翅膀的奇怪的飞机，开飞机的人都不好好地待在飞机里面——他们把脑袋探出来，就探在半空中！而且，他们用绑在飞机前面的那些一根根圆木头那么大的枪，朝大猩猩射击，大猩猩气得发疯，这在比利看来是很有道理的。大猩猩把那个女人放了下来，女人不停地尖叫，这在比利看来也是有道理的，因为她身上没穿大衣什么的，而那上面肯定很冷。接着，大猩猩抓住一架飞机，把它扔下来，摔碎在一座大楼上。

然后有个男人说："我们要救安妮！"比利想，噢，大

猩猩抓的那个女人叫安妮，他们要把她从大猩猩手里救出来……

救出来……

救出来……哦！比利眨了眨眼睛。那也是他应该做的事情呀。**他应该去救奥利的。**他悄悄地、轻手轻脚地从熟睡的父母身边走过，离开了房间。他不明白他们看着这么可怕的节目怎么还能睡着。他又看了一眼电视机。大猩猩还在发怒。比利一点点地走过门厅时，可以听见大猩猩发出惊天动地的咆哮。他打开前门，尽量不发出一点动静，还能听见隆隆的飞机声和哒哒的枪声，声音急促、刺耳，就像拿一根棍子扫过一排栅栏。

比利关上门，离开了家，眼前是铺天盖地的黑夜。他知道自己要做的事情高度违法，超级麻烦（如果被抓住的话），说不定还会遇到比擅自离家更可怕的事情，但是在那一刻，他的心思已经去了一个新的地方。在那地方，幻想和现实都混在一起，他忍不住还在想那个大猩猩，因为大猩猩似乎遇到了麻烦，比利为他感到难过。也许大猩猩陷入麻烦是有一个合理原因的。比利心想，但愿那是一个现实中的故事。但愿那不是幻想出来的。他希望大猩猩平安无事，希望他逢凶化吉。

第十六章

黑暗游乐场

那些被囚禁的玩具都郁郁寡欢，心灰意冷。但是，每当一个新的"最心爱的"被带进来，他们都会感到兴奋，不过也只是兴奋一会儿。新来的玩具总是让他们刹那间想起自己以前的生活。此刻，随着这位新的"最心爱的"——奥利——的到来，他们开始询问关于他"小主人"的情况。

"你的那位小主人，他好吗？"胡萝卜小白兔问。

"哦，好着呢！"奥利热情洋溢地说，"他别提有多好了。好，非常好，特别好！"

"他有多大？"一只掉了不止一条腿的章鱼说。

"怎么说呢，一开始，他比我大不了多少，但那是六个生日之前了。现在他过了六个生日，已经是半个大人了。"

那些玩具们都发出"啊""哦""嗯"的声音，似乎听懂了。似乎还记得。于是，奥利跟他们讲了比利所有的事情：比利

小时候"漏"得多厉害，比利和他一直形影不离，比利的头发是什么颜色——有点像泥土和沙子混杂的颜色——比利洗完澡是什么气味，还有掖被子和"滴答答"的吻，他还跟他们说了大冒进和好吃，他说得越多，其他玩具越喜欢听，后来奥利意识到他自己也喜欢说。谈论比利，使他感到安全、快乐，没有这么窝囊，虽然他被捆绑在这个奇怪的玩具监狱里。

他的这种感觉，似乎漫延开去，帮助所有那些可怜而悲哀的玩具有了感觉、有了记忆。然后，奥利开始向他们解释，比利的心脏有一个洞，现在已经长好了。是医生这么说的。接着，奥利骄傲地告诉他们，他也有一颗心，是一个小铃铛，是比利的妈妈缝在他胸膛里的。他用一只没被捆绑的手敲了敲胸脯，小铃铛发出叮叮的声音，正好让所有的人都听见了。所有的人，包括佐佐。

"这铃铛是从哪儿来的？"独眼泰迪熊问。

奥利刚要回答，他们突然听见佐佐工作室传来砸碎东西的可怕巨响，接着是震耳欲聋的咆哮声。玩具们吓得直哆嗦，灰尘和沙土从他们身上纷纷落下，使已经昏暗不堪的房间变得更加灰扑扑的。

"把那个手工玩具给我带来！"佐佐吼道。

奥利听见鬼头们吵吵嚷嚷，在周围笨手笨脚地互相碰撞，他知道他们是冲他来的。与此同时，他感到有什么东西在拽他的脚。低头一看，他吃惊地睁大了眼睛。那些最心爱的玩具像在马戏团里叠罗汉一样，一个摞一个，形成一座高塔，想够到上面的奥利。

"这是一个计划吗？"奥利问独眼泰迪熊，泰迪熊在这座罗汉塔的最顶上，正在拽他的脚。

"是的！"独眼泰迪熊说，"我们制定了你的逃跑计划！"

"那么好吧。"

然后，独眼泰迪熊抓住奥利的腿使劲往下拽，使他挣脱了束缚。然而，他拽的力气太大，整个罗汉塔都倒了，骨碌碌地翻滚在地。佐佐还在叫喊，鬼头们的脚步声已经很近了。

"快！"胡萝卜小白兔催促奥利，"我们会拖住他们的！"

大象指着墙上一个黑洞洞的地方，"那是隧道，会带你离开这儿。"

奥利不需要对方再说第二遍，拔腿就朝那个豁口冲去。过了片刻他才意识到只有他一个人在跑。他猛地转回身子。

"我们已经来不及了！我们已经忘记得太多。你还记得！"大象语气坚决地说。奥利看看大象，又看看其他玩具。他们都在点头。鬼头们正在拥进囚禁室。

玩具们一个接一个挣脱了束缚。他们跳起来，动作迟缓地朝鬼头们扑去。

"冲啊!"大象喊道。

"我会回来的,我发誓。"奥利对他们说,这句话发自他的内心。然后他转身就跑。

隧道里曲里拐弯,一片漆黑。奥利能听见在一片挣扎和搏斗声中,鬼头们叫喊着要抓他。鬼头们是冲他来的!他们知道他逃跑了,正在追他!回音像噩梦一样可怕。有时候,好像鬼头就在他的身后,有时候,又好像他们不知怎的冲到

前面去了。

奥利不停地跑。跑啊跑啊，最后觉得自己再也跑不动了。就在这时，没有任何征兆地，隧道戛然而止，他一头栽入了黑暗之中，最后砰的一声——落在——落在一滩软绵绵、滑腻腻的泥水里。奥利看见前面有一点微弱的亮光，便朝那里游去，最后来到一片泥泞的草坡上。他不喜欢水。水让他想起了在洗衣机里的经历。而且，此时此刻他感到比在洗衣机里更孤单了。

奥利挣扎着在烂泥里站起身。他抬起头，看见了星星闪烁的夜空。终于又到了地面上！太好了。接着，他听见远处传来轰隆隆的雷声。这就不太妙了。一团团乌云在天空滚过，星星变得黯然无光。他必须加快脚步。

他转身看着身后刚才出来的地方，只见一个面带微笑的大脑袋从上面盯着他，还看见一个牌子上写着"情侣隧道"。在隧道口的浅水中，漂浮着一条破旧的、模样凄惨的天鹅船。他是在黑暗游乐场里！肯定没错！小孩子是绝对不允许上这儿来的。

此刻，他要做的就是勇敢面对这个无边无际的黑夜，想办法找到家，找到比利。

93

第十七章

萤火虫

决定去进行一场最大的大冒进，找到自己最心爱的玩具，这说起来简单，但要真的付诸行动，就没这么容易了。

比利已经走到前门廊了。他站在那儿，盯着外面漆黑的夜色。他知道必须走下台阶，然后顺着车道走过去——那倒比较简单。他已经走过一百万遍了。然后怎么办，他就拿不准了。

爸爸开车去参加婚礼时，是往右拐还是往左拐的？比利闭上眼睛。首先，他必须保证自己记得哪是左边、哪是右边。好吧。我画画用的是……右手。他提醒自己。他把右手举到胳膊肘的高度，这使他看上去有点像在挥手。

奥利不赞成"右"和"左"的说法。他总是说"补丁爪"和"另一边"。奥利的右手爪的底部有一个小补丁。有一天他和比利陷在了多刺的灌木丛里，出来的时候，两人都很狼狈。奥利的右爪开线了，比利的妈妈就用一块黄色的补丁布把它缝了起来。比利的下巴、胳膊肘，以及——真是太巧了——他的右手掌需要贴上创可贴。奥利对创可贴很着迷，称它们为"补丁"，看到他和比利有着一样的"补丁爪"，他感到非常高兴，不过比利的补丁上有一只恐龙，而奥利补丁的颜色跟他的爪子相配。

就这样，比利站在那儿，右手举在半空，他发现自己感到有点勇敢，想到要去救奥利，他不由自主就有了这种感觉。他还意识到，爸爸的车倒出车道以后是往右拐了。那就是补丁爪，比利想，然后拐向了左边。哦，等等，比利想，这是另一边。于是他又转向了补丁爪。为什么搞清方向这么难呢？算了。公园是在右边，他可以一直走到公园，这没问题。整整一年了，他都是独自这么做的。没啥大不了。

只是……他从来没在黑夜里走去公园。谁知道夜晚会……好吧……会这么黑呢？

他走到一盏路灯下，情况就好多了。路灯投下大大的一圈灯光，正好适合他在黑暗之间暂时喘口气儿。比利就是这样想的：在圆圆的、温馨漂亮的光圈里歇一歇，然后重新一头扎入黑暗中。

比利很快地算了算。走去公园的路上还有八盏路灯。然后在路口有一盏大灯。比利休息了一会儿。外面没有别人。

整个街道看上去完全空荡荡的。这感觉多么奇怪，多么安静和孤单啊。他知道人们都待在自己家里。但似乎他们并不存在。这时一阵微风吹过，树叶纷纷落下，掉在人行道上，就像无数个微型的骷髅，在比利周围悄悄移动。比利决定不再休息，开始继续往前走，并且加快了速度。他没有害怕。**一点也没有**，但每次走到一盏路灯下，他确实感到大大地松了口气。要走到公园才会彻底放心。他突然想起来了：公园在马路对面呢。

这就意味着，比利必须过马路。独自过马路。没有 B 先生护送。没有大人陪伴。

比利忧心忡忡，长长地叹了一口粗气："这不可能呀。"他已经**独自**走了这么远！然而他不能独自过马路。这是违反规矩的。一时间，他担心会不会响起警报什么的，然后警察就会冲过来，把他抓走，关进牢房，那样他就再也找不到奥利了。可是他又意识到，别的孩子独自穿过马路时，他从来没有听见过警报响起。所以……

他深深吸了口气。

比利像大人教他的那样，看看右边（补丁爪），又看看左边，随后又看看补丁爪。他这样做了三次。没有车，没有人——只有阴森森的树叶沙沙作响，那声音像万圣节一般恐怖。他把一只脚放在了马路上，接着是另一只脚。

什么动静也没有！

哇！

比利匆匆穿过马路，生怕警报会慢半拍响起。天哪，过马路花的时间真长啊。这只是一条普普通通的马路，但因为是他一个人，感觉比平常宽了二十倍。走过去好像要一辈子那么长。不过，他终于到了对面。他等了等。没有警报。没有警察。一切都平安无事。只有风吹树叶的沙沙声。

还有那种阴森森的感觉。

哇。等以后要把这些都讲给奥利听。比利想。然而，他的得意很快就消失了。他不知道接下来该往哪儿走。这可是一个大问题。他在开什么玩笑啊？他不过是个小毛孩子。怎么可能半夜三更一个人走到婚礼现场，把奥利救回来呢？

他掏出了激光剑。从这里再往前，可就是一片黑暗了。

而且……而且……万一他再也找不到奥利——今晚找不到，以后也找不到呢？万一他永远没有机会把这场大冒进讲给奥利听呢？这时，他想起了在爸爸妈妈的电影频道看过的一场电影。是彩色的，颜色鲜亮。那场电影怪可怕的，同时又很精彩。有一个穿红鞋子的小姑娘，她想回家，她只需要找到一个名叫奥兹的男人。那些喜欢唱歌的小不点告诉小姑娘，只要顺着一条黄砖道路往前走，就能找到那位会魔法的男人奥兹。比利真希望他周围的道路也是彩色的，**那样肯定**

对他很有帮助，然而，它们都是深灰色的。

比利站在公园边上，开始感到害怕。要走到举办婚礼的地方，还会经过多少盏路灯呢？他记得爸爸开车时没有拐过许多弯。他的目光越过公园大门，看着远处的那一排路灯，就在这时，他注意到一个亮光，一个奇怪的亮光，就在他的前面。跟路灯的亮光不一样——更像是一团云，一团由许多闪亮的小光点构成的云。

萤火虫！就是萤火虫。有好几百只，在比利的头顶上盘旋。

这景象真是……诡异而美丽，奇怪的是，一点也不令人害怕。而且，比利非常喜欢萤火虫。是啊，他和奥利经常把它们捉住放在玻璃罐里……可是，等一等！一件奇怪的事情正在发生：萤火虫聚成一团开始移动。那团由萤火虫构成的云飘过了公园的大门。于是比利知道了，他应该跟着它们。它们就是他的黄砖道路。

98

第十八章

抓人游戏

奥利从佐佐那儿跑出来已经很长时间了。他奔跑着穿过黑暗游乐场，都没有去留意那是一个多么离奇古怪的地方。他顾不上考虑是向右还是向左，是"补丁爪"还是"另一边"。只是以最快的速度，没命地奔跑，作为一个身高刚过一尺、腿长不到六寸的玩具来说，他已经尽了全力。他知道鬼头在后面追他，还知道鬼头动作隐蔽，速度很快，可能非常善于跟踪和抓捕那些胆敢"逃跑"的玩具。所以，奥利只是不顾一切地埋头拼命奔跑。他跑过烂泥和水沟，在杂草和荆棘丛中穿行，速度实在太快了，即使身上的一块布料被树枝或荆棘钩住，他也会死命挣脱出来，继续往前跑。

时间一点点过去，他仍然没被抓住，于是他放慢脚步，但只放慢了一点点，好让自己能够更清晰地思考。我最好别留下什么痕迹，让他们清楚我往哪边跑了，他告诉自己。我不能让我的围巾被荆棘丛缠住。他们会发现线头，然后就知道我在哪儿了。这些想法让他平静了下来，他带着以前从未有过的自信，奔跑，蹦跳，左躲右闪。他仿佛变成了一个超级奥利，围巾像披风一样在身后飘舞。他把双臂伸在前面，就像所有超级英雄在天空飞行的时候那样，一时间，他真的怀疑自己确实会飞了。

他和比利一起做幻想游戏时，曾经飞过许多次，幻想的感觉那么真实，但他知道还是有差别的。幻想，是他和比利一起做的事情。幻想，就像一个陌生而奇妙的国度，在那里事情都如他们希望的那样发生。幻想，就像现实生活中加上了宇宙飞船、恐龙、怪物，以及超级强大的能量，使你总是能够摆脱困境，逢凶化吉。奥利喜欢幻想，几乎超过其他所有的一切。因此，在现实生活中的这个疯狂的夜晚，他幻想自己会飞。飞过大地和树林，直接飞到比利身边。在那一刻，他感觉到了内心的希望带给他的巨大力量，他相信自己在飞，幻想着自己飞进了比利的窗口，落在了枕头上，他每天晚上都在那里和小主人比利一同进入梦乡。

突然，他被猛地甩到了空中。刹那间，只是短短的一刹那，奥利以为自己幻想得太使劲，真的把幻想变成了现实！但紧接着他发现了真相：他被一条大黑狗叼在了嘴里，狗正在飞快地奔跑。跑得真快啊，奥利感觉就像在飞一样。

奥利刚才肯定太沉浸于幻想了，竟然没有听见大狗过来，

此刻，他们跑过树林，跑向一条停着许多汽车的街道，奥利听见大狗呼哧呼哧的喘气声。

奥利跟狗打交道的经历非常有限。比利家没有养狗，但是奥利曾经观察过公园里的狗和他们的主人。狗属于主人，就像玩具属于孩子。他看见人们跟狗说话，虽然狗并不能用语言回答，但似乎都听懂了。差不多听懂了吧。狗并不总是按主人的吩咐去做，奥利觉得这一点很奇怪。狗随随便便就跑开了，他们的主人就会大喊大叫，比如"快回来，雷克斯！听见没有，你这只坏狗狗。过来！听见没有，**过来**！"

奥利并不认为那些狗真的很"坏"。在他看来，他们只是被这个热热闹闹的世界弄得分了心。比利有时候也是这样，然后奥利和比利就会趁大人不注意的时候违反几条规矩。因此，奥利断定这条狗也在做同样的事情，但是接着他又想起：幻想做什么事，有时候会闹出不小的动静，特别是幻想飞行，说不定他刚才发出了惊天动地的飞行声呢，所以，也许，仅仅是也许哦，那条狗是听见了奥利的幻想，才过来想帮助他的。

"嗯。你好，大狗先生，"奥利说道，"谢谢你带着我跑。我猜你肯定知道比利在哪儿吧？"

狗没有回答，只是继续往前跑，已经跑到了马路上。他虽然没有低头看奥利，但似乎对玩具会说话感到很吃惊。

　　奥利看见狗到了马路上，心里自然非常担忧，特别是狗并没有看看左右两边。

　　"我说，狗朋友先生，你知道吗，这是违法的，过马路不看——"

　　奥利的话还没说完，他就从狗嘴里被拽出去，扔到了空中，奥利不知道自己是在飞还是在坠落。没等他弄清这一点，就感觉自己被接住了。到了一个男孩的手里，男孩的年龄比比利大，脚下踩着滑板。**踩滑板不能在街上，在夜里。**奥利心里只有一个想法：这是另外一种孩子，做许多"违法"的事情，是个危险孩子。

　　接着，奥利注意到还有几个这样的危险孩子，都在马路上踩滑板，那条狗跟着他们一起跑。他怀疑他们是一伙的，就像狼人那样聚在一起。

　　"旋风给我们叼来一个玩具！"抓着奥利的那个孩子喊道。

　　"我看看！"另一个孩子说，突然之间，奥利被扔到空中，被这个"我看看"接住了。

　　"这是个什么玩意儿？""我看看"大笑着说。

　　"我瞧瞧。"另一个孩子说。于是，奥利又被抛接了一次。

　　"看起来像一只泰迪兔！""我瞧瞧"喊道。接着，奥利被一个又一个哈哈大笑的危险孩子扔过来扔过去，动作一点

也不温柔，就好像他是一个球，他们在玩那种一点也不好玩的接球游戏。

"留神，过来了！"

"小心！"

"谁没接住就回家去！"

男孩们在人行道和柏油马路间快速地穿梭，绕过那些停着的汽车，奥利做好了掉在地上的准备。果然，"我看看"一下子扔得太远，谁都没接住。奥利落在马路牙子旁边的草地里，那些危险孩子没有一个回来找他。他们只是哈哈大笑，踩着滑板远去了。大狗旋风倒是过来了，对着奥利嗅了嗅。奥利感觉到湿漉漉的狗鼻子贴在他背上，狗热乎乎的呼吸喷在他身上，大狗给奥利翻了个身，打算把他再叼起来。

"快走，旋风，别管他了！""我瞧瞧"嚷道。

立刻，大狗抬起头，转过身，消失在了黑夜中。

奥利坐在那儿，不知所措。这些都是大孩子。比利跟他讲过这些孩子的事，他们都忘记了自己的玩具。比利也会变成这样的孩子吗？奥利的内心深处，产生了一种他不能理解的感觉。他的希望跟刚才所看见和经历的事情是矛盾的，他很想知道幻想和现实究竟有什么不同。他不愿意相信其中一个比另一个更强大。

第十九章
当幻想变得不听话

在深夜黑黢黢的花园里，那一小团萤火虫慢慢地、曲曲折折地往前飘。黑暗用令人惊讶的方式改变了公园。那些秋千，平时里总是拥满了人，此刻在持续的晚风中，以鬼魅的节奏懒洋洋地摇晃。大橡树那些长长的、低矮的枝条，白天那么诱人攀爬，此刻像巨人的手指一样僵硬地来回摆动，似乎想抓住近旁的一切。比利和奥利以及朋友们玩耍的那些地方，看上去不再友好亲切，阴森森的，充满了神秘的气息，甚至变得有点吓人。

比利试着幻想拖鼻涕的汉娜跟他在一起，还有捡棍子的佩里，甚至玩泥巴的布奇，可是在他的幻想中，这些人似乎变成了鬼魂的模样，全都脸色惨白，轮廓模糊，眼睛亮闪闪的，脸上带着诡异的微笑。

"呀！"比利轻声说，赶紧闭上眼睛，摇晃脑袋，把自己的幻想赶跑。他忘记了，有时候幻想也很霸道，特别是在

比利害怕的时候。就好像幻想打定主意要捉弄比利，让比利看到他其实不愿看到的东西，特别是在夜里，在黑暗中。

壁橱里，黑乎乎的床底下，阴暗的地方，都把幻想变成了一个"难搞的客户"。平常，比利还有点喜欢幻想的这个特点。这使得幻想更像现实，因为现实几乎从来不按你的心愿行事。可是，只有在奥利陪伴身边时，比利才喜欢变得不听话的幻想。跟某个人在一起害怕，特别是和奥利在一起，害怕就没有那么吓人了。

不过，这些萤火虫也让比利感到心里踏实。于是他一直跟着它们。萤火虫是现实中的东西，但看上去像虚构的、有魔法的。就像彩虹、蜂鸟和磁铁。萤火虫太奇妙了，你简直没法相信它们是真的，比利不知道世界上还有什么其他东西这样神奇，如梦似幻。

比利跟着萤火虫向公园的深处走去，进入他以前从未到过的地方，公园的这一部分看上去荒芜一片，杂草丛生。再往前走，比利不知道自己还能不能找到回家的路。因此，他决定留下一些踪迹。用背包里的那些玩具小人留下一条踪迹。首先掏出来的是年头最久的那个，未知星球的树枝人蛔蛔佬。比利很多很多年前就拥有蛔蛔佬了，都不记得什么时候开始有它的。他把这个玩具小人放在一块大石头顶上，比利断定从这里开始公园到了尽头，前面就是未知的世界。"站稳了

别动，蝈蝈佬，"他说，"我就指望你了。"

比利走开时，相信后面有怪兽在跟踪他。他举着自己的激光剑，克制着不回头去看。后来，激光剑里的电池耗尽了。风越刮越大，萤火虫被吹得四散开去，乱了方阵，使比利很难知道该往哪边走，该跟随哪些萤火虫。接着，天上打雷了。起初只是一两声，很快就越来越响、越来越近。这简直是"坏消息""麻烦""倒霉"统统加在了一起。

下雨了，第一道闪电划破了夜空，这时候，比利感到自己所有的勇气都消失了。零星的几只萤火虫在树下躲雨，大多数萤火虫都藏在一个怪模怪样的大家伙底下。一个巨大的男孩！脸上笑眯眯的，戴着尖顶帽。在那几秒钟里，比利相信肯定是自己的幻想彻底变得不听话了。**怎么会有一个巨人男孩坐在那里？！**接着他想起来了——这个男孩是木头和石膏做的。这个男孩是通向旧游乐场的门洞。就是被孩子们称为黑暗游乐场的地方。巨人男孩看上去阴森吓人，可是雨越下越大，打雷和闪电感觉就在近旁。于是，在肆虐的风暴中，比利钻到了男孩的身子底下。他感到非常迷茫，一个小男孩的那种迷茫。但是他并不孤单。萤火虫们陪他一起躲在这里。在他瑟瑟发抖时，几只萤火虫爬到他的手上，忽亮，忽暗，忽亮，忽暗。然而，比利还是很难摆脱那些巨怪、鬼魂和骷髅的幻想。所以他只好让自己想温暖的家、爸爸妈妈，以及他最好的朋友——奥利。

第二十章

捡易拉罐的人

奥利在马路牙子上坐了没多久，附近就开始电闪雷鸣。他从来没在暴风雨的天气里在外面待过，所以倒觉得刮风和打雷怪有意思的。

真希望比利也在啊！那天夜里，他已经数不清多少次这么想了。风暴并没有那么吓人呀。风暴其实是——他搜肠刮肚，寻找一个合适的词——超帅的！几滴大大的雨点砸在奥利的脑袋上。美中不足的是会被淋湿。他希望自己别再变得更湿了。浑身湿透是一件非常麻烦的事。那样的话，奥利连路都没法走了。就在他琢磨自己的潮湿程度时，突然听见一种吱吱嘎嘎的声音，而且越来越近。

鬼头！他一下子担心起来，转过身，朝吱嘎声发出的方向望去。雨中，他模模糊糊地辨认出一个男人慢慢推着一辆购物车。真奇怪，但至少不是鬼头。男人身上裹着几条黑色垃圾袋当雨披，嘴里轻轻地哼着歌儿。奥利听出了那首歌，

认出了那个男人——捡易拉罐的人！奥利和比利几乎每星期都在附近看见他。

果然，男人弯下腰，从马路边捡起一个空易拉罐。他站直身子，对着易拉罐狠狠踩了一脚。易拉罐被踩扁了。男人把它扔进车上一个鼓鼓囊囊的垃圾袋里，他的车上有很多这样的垃圾袋。奥利断定里面都装满了被踩扁的易拉罐。

捡易拉罐的人抬起头，扫视着他前面的人行道和马路牙子，寻找更多的易拉罐。他的目光落在了奥利身上。

糟了！

奥利希望男人不要把他当成一个易拉罐。

捡易拉罐的人推着小车走到奥利身边，盯着奥利看了很长时间，奥利心说不妙，他肯定要把我踩扁了。

只听捡易拉罐的人说："你需要避避雨啊，小家伙。雨下得太大了，对你没好处。"男人开始拉扯一个垃圾袋，从上面扯下了面巾纸那么大的一块。捡易拉罐的人拿起奥利，把那片垃圾袋像雨披一样裹在奥利的脑袋和肩膀上。

"有人把你给丢了，小家伙，"捡易拉罐的人关切地轻声说，"他们会来找你的，他们大概不愿意看到你变成落汤鸡。"

奥利放心了——看来捡易拉罐的人并没有把他当成一个易拉罐。男人给他裹雨披时，他仔细端详男人的脸。这是一张苍老的脸。年纪肯定超过了比利的爸爸妈妈。但是奥利喜

欢。他眼睛和嘴角周围那一道道深深的皱纹，看上去忧伤而亲切，有点像一个旧玩具。

捡易拉罐的人最后又拉了拉，奥利的雨披算是裹好了。他盯着奥利看了很长很长时间，脸上的皱纹加深了。雨水流淌在奥利身上。捡易拉罐的人脸上的表情令人疑惑不解。准确地说，不是忧伤，也不是愤怒，而是奥利以前从未见过的表情，似乎是许多情绪混杂在一起。时间好像完全凝固不动了。只有大雨哗哗地下。男人的脸此刻如同雕像一般，但他的眼睛很有活力。目光似乎穿过了奥利，凝望着另一个时空。奥利突然想道，也许他在回忆，也许他有过一个像我这样的玩具。捡易拉罐的人终于醒过神来，擦去奥利眼睛和脸上的雨水。他把奥利放在地上，倚着路灯，把奥利的腿曲起来，让他稳稳地坐着，不会摔到，并且保证雨披把他全身都罩住了。

"把你弄丢了的人会过来找你的。"捡易拉罐的人笃定地说。然后他站起身，露出一个空心南瓜灯般的笑容，转身离开了。他推着购物车，顺着雨水冲刷的街道往前走去。

奥利注视着他的背影渐渐消失。他认为自己喜欢这个捡易拉罐的人。他让奥利的内心又有了希望。

第二十一章

踪迹……

鬼头们在搜捕。特级鬼头首先看见了狗的脚印，那就在奥利的脚印中断的地方。他摸了摸一处印记。

"一只中等大小的汪汪，"他判断道，"类似人鬼说的那种'寻回汪'。"他清楚地看见脚印从草丛里拐出来，穿过马路牙子，踏上了沥青马路，"跟踪那条狗！"他喊道。

因奥利的逃跑而倒霉的，正是当时偷走奥利的那批鬼头，他们比其他鬼头更熟悉奥利的环境，所以负责追捕奥利。他们带着一伙鬼头，总共大约有五十个。此刻，鬼头们匆匆地追逐那条叼走奥利的狗。狂风暴雨根本算不了什么，对他们来说，没有什么事情比追捕一个逃跑的心爱更好玩了。

他们还从来没有失手过呢。

第二十二章

易拉罐朋友

奥利裹着新雨披坐在那儿时，感到忧心忡忡。他担心比利像捡易拉罐的人说的那样出来找他，如果那样，比利可就麻烦了。比利的爸爸妈妈管得很严，绝对不允许比利在风暴肆虐的时候冒雨外出。如果比利出来找他，肯定只能偷偷溜出来，而如果他偷偷溜出来，就意味着离家出走。那可是特别、特别、特别严重的违法行为啊。但另一方面，奥利又渴望被找到。我要告诉比利我经历的所有超级大冒进，吓人的黑暗游乐场秘密隧道，丢失的玩具，危险的小孩，犯罪率激增，等等，等等……他正想着呢，突然路灯后面传来轻轻的金属敲击声，打断了他的思路。他探头望去，只见一个铁皮易拉罐站在那儿，非常坚决地用自己的身体撞击路灯的金属底座，显然是想吸引奥利的注意。

"你是在躲那个捡易拉罐的人吗？"奥利问。

易拉罐的腰部微微弯了一下又直起来，似乎是在点头。

"我想，如果你不愿意被踩扁，"奥利说，"这么做是很聪明的。"

易拉罐又点点头，弯腰时发出吱吱扭扭的声音。这是一只可以成为朋友的易拉罐呢，奥利想。就在这时，在哗啦啦的雨声中，响起了无数个金属碎片碰撞的铿锵声。易拉罐开始发抖。奥利扫了一眼四周，知道肯定是鬼头们追来了。不然还会是什么呢？他立刻转向易拉罐。

"我可以叫你'叮叮'吗？我认为我们需要赶紧学步了，叮叮！"他急切地说。叮叮把他的金属拉环在头顶上敲了敲，示意奥利跟他走。

他们冲进灌木丛，开始了他们的逃生之旅。

奥利飞快地扭头扫了一眼，看鬼头们离得多近。太近了——已经拥到了路灯下面。特级鬼头绕了个圈，仔细查看捡易拉罐的人留下的踪迹，他头上的小灯闪烁不定。

"往哪边去了？小绒头往哪边去了？"特级鬼头咯咯笑着问。鬼头们数量众多，都带着小灯和手电筒，检查着马路牙子和附近街道的每一道缝隙。

叮叮几乎没有什么重量，移动的速度比奥利快多了。他蹦跳翻滚，轻松地越过房屋之间的院子和栅栏，身手那样敏捷，而奥利浑身湿漉漉、沉甸甸的，对他只有嫉妒的份儿。不过，叮叮非常耐心地催促奥利往前走，每次奥利累得走不

动时，他都用拉环敲敲罐子。

"对不起，叮叮，我在没有被弄湿之前，还是很擅长跑路的。"奥利喘着气说。他们总算一直领先那些鬼头，但领先得并不多。此刻，奥利的雨披已经被扯得破破烂烂，像万圣节的廉价化装服一样挂在身上。他浑身溅满了泥浆，还沾着许多草屑和荆棘，简直让人无法辨认了。

不过，这倒成了非常有用的伪装。不止一次，一群鬼头从他和叮叮身边跑过时，他们很容易就躲了过去，因为这会儿的奥利根本不像一件玩具，而更像一堆泥泞的垃圾。

最后，雨差不多停了，风也不再刮。雷和闪电似乎比刚才远了一些，但还是离得很近，令人惊慌。空气里有一种诡异的寂静。奥利和叮叮发出的每一种声音，听上去都像爆竹一样响亮。奥利只希望鬼头们不要追上来。

在雷声之间短暂的寂静中，奥利隐约听见了某种熟悉的声音。悲伤的声音。好像是哭声。他不能确定，但似乎是从那个尖帽子大男孩的雕像底下传出来的。奥利的耳朵里塞满了泥浆，但那呜咽声中有某种东西是确定无疑的。

"比利！"奥利激动地喊道，跌跌撞撞地冲上前去。就在这时，男孩雕像下面的杂草丛中出现了许多细小的亮光。奥利呆住了。是鬼头吗？他身下似乎是一条古旧的马路，奥利悄悄跪在了路上滑腻腻的泥浆里。不，不是鬼头，是萤火虫。

叮叮在他身边一跳一跳地走，没有发出一点声音。萤火虫的细小亮光有节奏地一闪一闪，呜咽声随之平静了下来。现在奥利看清楚了，那真的是比利。他认出了比利的背包。

"比利！"他喊道，站起身子，以最快的速度朝自己的小主人跑去，然而泥浆那么深、那么黏。

比利从雕像下面探头张望。他想打开手里的激光剑。激光剑闪了闪就灭了，但已经够了。在那道扇形的亮光中，比利几乎一眼就发现了奥利。

"是我，比利！"奥利喊道。然而，紧接着一切都乱了套。打雷，闪电，奥利被撞倒，萤火虫四散飞舞，奥利只能听见一个声音，那是比利在尖叫："不！不！不！"这时鬼头大军把他们包围了。

第二十三章

被遗忘的朋友

这是一次可怕的、阴森恐怖的袭击，而且发生得那么快。比利看见了奥利，他拼命地大叫大嚷，就好像压根儿没有把奥利当成他最心爱的玩具。然后奥利被数不清的鬼头抓住——他们像发了疯的邪恶婴儿一样，放声大笑，吱吱怪叫。突然，奥利被猛地一拽，力道那么大，他感到自己的眼珠子都要蹦出来了。接着他在空中翻了一个又一个筋斗。盘旋着掠过灌木丛，落在树丛深处的一个水沟里。

此刻，奥利就躺在这儿，在被暴雨涨满的水沟里，脸朝下顺水漂流。漂啊漂啊，偶尔撞在一块岩石或一根树枝上，兜兜转转，上下沉浮。

比利把他扔了出来。为什么？为什么小主人要把他扔掉？这个问题占据了奥利的全部心思。他那玩具脑瓜儿怎么也想不出一个答案，于是干脆不再去想。他什么也不想了，只是随波逐流，漂啊漂啊，最后被冲到泥泞岸上的一处旧垃

坂场。

垃圾场是一个悲哀而奇妙的地方，一个关于往事和旧时光的地方，充满了那些已经逝去的生命的碎片和零件。这些破碎的、被遗忘的东西被扔掉后，就变成了垃圾。他们最终落到这里——落到这个被他们称为垃圾场的地方。

有时候，垃圾是一张旧摇椅，上面的垫子被坐过千百遍，早已磨损绽线，扶手因为被人一次次倚靠而断裂，弧形的椅子腿，也因为摇晃一代代的婴儿，以及在半夜里抚慰患病的孩童，而被磨成了细细的一条。

垃圾也可能是一个坏了的旧喇叭，曾经吹出过悦耳的旋律，后来不知怎的离开了自己的主人。

垃圾也可能是一台旧打字机，被一位作家使用了许多许多年，作家死后，打字机在阁楼上被发现，因为几乎没有人再使用打字机了，它就被扔掉了。

垃圾也可能是一个被称作手摇留声机的东西——一个雕刻精美的木头匣子，能够神奇地演奏音乐，那个时候，人们做梦也想不到可以用一个手掌那么大的玩意儿听歌。

奥利就落在了这里——与这些破碎的、被遗忘、被丢弃的东西为伍。他躺在岸上，身体被水泡得胀鼓鼓的，不仅无法动弹，而且看上去不像一件玩具，却像一团湿透了的袜子。这一小片泥泞的堤岸，似乎是奥利最没有可能被发现的地方。

但他偏偏就被发现了，发现他的是一个最奇特的四人组：小左子，一只左手的工作手套，用磨损的手指走路；小盖子，一个开瓶器，有锋利的金属螺旋钻头和一对手柄，他就把手柄当成两条腿，摇摇晃晃地走过来；小卷子，一个破旧的钓鱼绕线轮，上面还缠着大量的钓线；最后是小刷子，一个被磨散的涂料刷，总是精力充沛。

垃圾场是个无人管理的地方。因此就出现了垃圾场老友帮。他们总是欢迎新来者光临这个最后的家。经过片刻谨慎的观察，他们断定这一团湿漉漉的编织物不是袜子，而是一个需要帮助的玩具。他们把奥利从水洼里钓上来，奥利毫无生气地悬挂在钓线上。然后，他们在垃圾场边缘一个凹坑里燃起篝火，把奥利挂在旁边烘烤。他们脱去奥利身上破烂的雨披，展开他缠结的腿和胳膊，想把他唤醒。然而奥利只是懒懒地瘫在那儿，脑袋耷拉着，没有一丝生命的迹象。

其实，奥利是醒着的。可以这么说吧。他什么都听得见，但脑子是麻木的，一片空白。他知道自己到了岸上，浑身透湿，而且已被发现，却感到自己已经被遗忘了。

被遗忘是一种空落落的感觉。被遗忘是佐佐那些玩具遭遇的事情。然而此刻却发生在了奥利身上。

他坐在垃圾场老友帮中间烤火，心里是一种被遗忘的空落感，这感觉太强烈了，使他忘记了怎么说话。

垃圾场老友帮

冰冰

小卷子

小盖子

小刷子

钟大姐

宠物石

OLLIE'S ODYSSEY

垃圾场老友帮坐在炉火旁，等着新来者被烘干，一边互相讲故事，讲的是他们曾经被使用、曾经"属于"某人时的往事。

"我原来属于格利高里·约翰逊先生和丽贝卡太太，"一把摇椅吱吱呀呀地说，"丽贝卡总是坐在我身上，在他们家的前门廊，每天都是。特别是落日的时候。真是太美了！"

"我原来属于兰道夫·埃弗里特·阿里维尔，"键盘说，他是一台打字机，字母 H 坏了，"他似（是）个写森（神）秘小缩（说）的作家，用我写了一百五司（十）个故四（事）呢。有斯（时）偶（候），他艾（还）没写完，我就猜粗（出）了谜底，对我来缩（说）那可增（真）似（是）惊心动魄呢。"①

这些故事，他们已经互相说过不知多少遍，早就牢记在心了。但他们还是乐此不疲地说着。这是他们的仪式，他们用这种方式回忆当年的岁月。这使他们不再感到自己是被遗忘的。

"你们知道，我原来是一块宠物石头，"宠物石说道，"是小主人帕姆和德克把我挑出来的。这是多么让人得意的事。被挑出来后，他们就在店里给我粘上了塑料眼睛。我到过许多地方。多半是乘车。亚利桑那，加利福尼亚，迪士尼的停

① 打字机的 H 键坏了，所以不能准确拼出有字母 H 的单词。

车场。后来有一天，他们对我失去了兴趣。慢慢地，我身上落了灰，不知道过了多少年，然后妈妈把我扔掉了。"

接下来是那个绕鱼线的小卷子。他总是跟在宠物石后面。"那个老头儿用我钓了数不清多少鱼，"他说，"梭子鱼，鲈鱼，鲶鱼，鳟鱼，巴司鱼。我们钓到一条整整六英尺长的巴司鱼，我发誓，有一百二十八磅重呢。"

其他人都发出表示不敢相信的声音。他们总是发出这样的声音。

"是真的！"小卷子抗议。

"你每次讲那个故事，鱼就增加了一英尺。"钟大姐说，她上紧发条，开始讲自己的故事，"我可不能夸张。我必须做到精确。坦普顿家就靠我计时呢。整整二十六年啊。我眼看着孩子们一个个成长起来，一个个离开了家。各种变迁。各种节日和悲伤的日子。后来坦普顿夫妇上了年纪。再后来他们都走了。我也就离开了。"

钟大姐的故事总是让大家安静下来，陷入沉思。没想到她的故事也让奥利苏醒了过来。

垃圾场老友帮又开始讲下一个故事了，奥利没有对他们说一句话。他从把他吊在温暖的炉火旁的绳子上滑下来，捡起地上的一片碎玻璃。他的动作很慢，似乎仍然被水泡得浑身发沉，但实际上他已经差不多烘干了——只有填充物的最

130

深处还有点潮湿。

直到奥利开始挖掘时，垃圾场老友帮才发现他醒了。他们默默地聚拢过来，想知道奥利在做什么。他看上去那么颓丧，那么忧伤，用碎玻璃一下又一下地划拉布满青苔的松软泥土，划出了一道深沟。

小左子先说话了。"你叫什么名字，小绒头？"他问。

"我是小盖子。"开瓶器接着说道，"我们发现了你，把你带到了这里。"

"其实是把你钓上来的。"小卷子说。

可是奥利没有回答，只是不停地挖土。钟大姐做了个手势，让大家安静下来。她经历过太多的事情，知道有时候沉默所表达的东西比说话更多。然后，她示意小左子去接近新来者。

小左子小心翼翼地上前，不想惊动新来的玩具，此刻奥利的挖掘变得更加坚定和有节奏。几乎像钟摆一样打着节拍。一……二……挖……一……二……挖。每一次手里的碎玻璃往下一砍，他胸膛里的铃铛就发出轻轻的丁零一声。

地上的洞越来越大、越来越深，奥利一门心思挖洞，别的什么都不管。小左子轻轻地把大拇指放在奥利的肩膀上，没有拿开。

效果几乎是立竿见影的。奥利怔住了，手臂垂落到身体

两侧。他的呼吸听上去粗重而疲惫。小左子像奥利一样凝固不动,手指始终没有离开玩具的肩膀。最后,他又轻声地问道:"你叫什么名字,小绒头?"

沉默了一会儿,但这次总算有了回答。他的话音很清晰,可是说出自己的名字时,却像是在询问:"奥利?"然后他抬起头,目光直视着小左子,"我属于……"他的声音低了下去,又把目光转开了。

钟大姐挪近了一些。"奥利,你挖的这个洞——是做什么用的?"

奥利又一次抬起头。

"为了忘记。"他回答。他把补丁爪放在自己的胸口,"忘记这个。"他按住胸口的铃铛,那儿传来一记微弱的叮叮声。

"我可以把它掏出来,"他解释说,"这是一颗假心脏。什么用也没有。几乎派不上用场。只是一个旧铃铛。全是假的。"在那悲伤的一刻,奥利想到假冒的心脏,忍不住产生了恨意。"假的!冒牌货!不是真的!全是假的!"

钟大姐又一次明智地保持沉默。

"可是听见它……"奥利继续说道,"我不想再听见它了。如果听不见,也许我就能忘记。"奥利深深地凝视那个洞。然后他耷拉着肩膀,久久地看着其他人。"我忘不了,"奥利最后说道,"我想我永远都没法忘记了。"

他们都是垃圾，他们都能明白。

远处，传来一阵狂乱的拨动金属的声音：叮！叮！叮！

奥利猛地转过身。

叮！叮！叮！叮！

是叮叮吗？他问自己。然后喊道："**叮叮！**"

小易拉罐一下子跳到他们中间。他一个劲儿地跳上跳下，把垃圾场老友帮的各位成员都推到一边，同时疯狂地拨动他的拉环，听上去就像在发送某种荒唐的密电码。

"叮—嗒—叮—叮—叮。嗒、嗒、嗒、嗒、嗒，叮—叮—嗒—叮。"

奥利见到老朋友高兴极了，却不知道叮叮想要告诉他什么。

"我会说罐语。"小盖子说。他仔细听了听，想要捕捉叮叮"嗒、嗒、嗒"传递的消息。

"他在缩（说）撒（啥）？！"键盘打出一行字。

"等一等，我听着呢。"小盖子说，"明白了。好像是关于一个小孩子，一个名叫比基的人。"

比基？"不，是比利！"奥利纠正道，"比利！是我的小主人！他好吗，叮叮？！"

叮叮又开始"叮—叮"响个不停，小盖子的神情越来越严肃。"他遇到麻烦了，"小盖子最后说道，"很大的麻烦。"

"他在哪儿？"奥利跳了起来，问道。

"叮—叮—叮—叮—叮—叮。"

奥利觉得快要疯了。"他在说什么？他在说什么？"

"我听着呢……那个……旧游乐场！就是坍塌了的那个！"小盖子转向其他人，"他被佐佐抓住了。"他神色凝重地说。

"佐佐？！"他们都跟着说道，神色跟他一样凝重。

"这可不妙。"宠物石加了一句。

第二十四章

比利被抓

被一伙"小老鼠般怪里怪气疯疯癫癫的玩具鬼怪疯子"抓住，塞进一个粗麻袋，这是比利想象过的最奇怪的事情了。还好，他们把他拖到这个奇怪而令人不安的地方之后，终于把麻袋拿掉了。这个充斥着玩具和怪异小动物的黑暗阴湿的王国，看上去那么怪异，比利虽然害怕，同时竟也感到非常高兴。

就像一部怪物恐怖电影，他想。就像《科学怪人》里的那个人，但多了这些玩具。他在未经爸爸妈妈许可的情况下，看过几部这样的怪物恐怖电影，当然啦，这事非同小可，差不多算是违法了。爸爸妈妈并**没有**告诉他绝对不能看这些电影，但是比利知道得很清楚，他们肯定会说"未成年儿童不宜观看"之类复杂难懂的话。

所以，他没有去问爸爸妈妈，而是"偷偷地"看这些电影。他趁爸爸妈妈睡午觉，或忙着做自己事情的时候看电影。一听见他们过来，他就把电视频道换成《小巴尼》，换成他知道爸爸妈妈会认为对他有益的节目，然后他们就不会来管他，他就再把频道换回到阴森恐怖的惊悚电影，里面有狼人、畸形和迷雾笼罩的仙境，因为没有颜色，看上去更加奇妙。这些怪物恐怖电影确实让他感到害怕，但他通常都很喜欢。让他感到纳闷的是，比起电影里的正常人，他更喜欢那些怪物。"黑白场景里的怪物真是太酷了。"他对奥利说。奥利表示同意。

然而此刻，这里不是黑白的，也不是在电视里。这个地方显然是真实存在的，比利必须面对。他被十几条各种各样的粗线和绳索捆着，躺在潮湿的水泥地上。他已经弄清了，这里是一个名叫佐佐的家伙的工作室。

比利认为他知道这个工作室在哪儿，也知道自己在哪儿。透过麻袋很容易往外看。一路上，鬼头们又是拉又是推，走过凹凸不平的地面，穿过一片铺着木板的空地。比利非常机灵，在麻袋上掏了个窟窿，一路上把那些玩具小人一个接一个从窟窿里塞了出去。他们来到一个名叫"情侣隧道"的地方，在杂草丛生的入口处，比利意识到他肯定到了黑暗游乐场的更深处。他好几次跟爸爸妈妈一起走过游乐场的外围，但是爸爸妈妈从来没有进去看个究竟，其实比利当时特别想下去探索一番的。

　　"太危险了，"爸爸告诉他，"有一些你看不见的大洞。以前的游乐设施都掉下去了。这是一个危险的地方。"

　　"我小时候特别喜欢这儿。"妈妈说，她说这句话时的神情，深深印在了比利脑海里。他看得出来，回忆游乐场，让妈妈感到既快乐又伤心。如此一来，比利就觉得这个黑暗游乐场是个非常有趣的所在了。

　　可是，他做梦也没想到自己会在深夜光临游乐场，而且没有爸爸妈妈陪伴。鬼头刚才把他放在一个腐烂的木船上，船的形状是一只巨大的天鹅，他们划着船通过了"情侣隧道"。

　　在入口处，比利在最后一刻把他的小飞马从麻袋里塞了出去。玩具小飞马静静地躺在草丛和泥泞里，翅膀向上伸着，身体完全被阴影笼罩。太好了！鬼头们拖着比利往前走，谁也没有注意到。

　　比利躺在天鹅船的底部时，心里琢磨着他一路留下的那些玩具小人和动物是不是还在。也许应该把他包里的糖果撒出去当线索的。汉泽尔和格雷特尔用的是面包屑。他对此总是感到很着急。万一小鸟、松鼠或一条狗过来怎么办呢？再会了，汉泽尔！别了，格雷特尔！不，他的塑料玩具小朋友似乎是最佳选择了。确实如此。玩具的准则是不可动摇的，哪怕最小最小的玩具也不例外。那个准则很简单：玩具必须在任何可能的时候提供帮助，让他们小主人的每一天过得充

OLLIE'S ODYSSEY

满冒险、充满快乐、充满安慰。

然而，在这个阴森的鬼头和小丑的地下世界里，却有着另一个准则，比利可以感觉到，那不是一个好的、友善的准则。他听着那个所谓的特级鬼头跟怪物玩具小丑说话，弄清了是这些家伙在婚礼上偷走了奥利。他们的任务，是偷走他们所知道的所有最心爱的玩具。可是奥利逃跑了！奥利因为逃跑，把自己弄得面目全非，比利差点没认出他来。接着，比利突然产生了一个令他不安的想法，如果奥利不理解我为什么把他扔开呢？如果奥利不知道我是想救他，不让那些鬼头抓到他呢？鬼头们想要的是最心爱的玩具，为什么要把我抓来呢？

这些家伙做了一大堆违法的事，干了**一大堆**卑鄙勾当，比利想，这让他气得不行。他生气，因为他们竟然偷走了奥利，还想凶狠地欺负奥利。他生气，因为他们对许多许多别的玩具做了同样的事情。这时，他想起了在食品店见过的一个小孩，那小孩哭得可伤心了，不停地说："我的冰奇丢了！我的冰奇丢了！"小孩和妈妈一直在到处寻找冰奇。比利看到小孩那么伤心，也感到很难过。真心感到难过。就像那次跟爸爸妈妈一起开车去什么地方，看见那条流浪狗的时候那么难过。当时他们来到一个完全陌生的地方，那条狗想过马路，却又害怕，站在那里瑟瑟发抖，瘦得皮包骨，比利大声叫爸

139

爸停车，帮帮那只狗。可是爸爸说狗不会有事的。比利对此可没有把握。他认为大人们可能也在假装。不过，大人们的假装，**有的时候**更像是撒谎而不是假装。比利仍然还在为那条狗担心。虽然只见过那条狗短短几秒钟，但比利知道自己永远不会忘记它。即使到了很老很老，比如五十岁，或者更老的时候，也不会忘记。他永远都会记得那条可怜的、瘦骨嶙峋的狗。

接着，他又想起了奥利。

奥利那么潮湿，满身泥浆，一副忧伤的模样。就像那条狗。比利感到心里难过极了，简直一秒钟都不能再想这件事。

当时比利必须把奥利扔出去，扔得越远越好，这样鬼头就抓不住他了。他们果然没有发现奥利。比利从特级鬼头对小丑说的话中听出了这点。

"可是，老板，我们到处都找过了，"特级鬼头正在向佐佐辩解，佐佐在宝座上恶狠狠地瞪着他，"那孩子把他扔掉了！不再当他是心爱的了！"

佐佐面无表情，他把身子往前倾，两只手搭在一起，形成一个宝塔，生锈的脸藏在阴影里。他一句话也没说。

特级鬼头不喜欢这样的沉默。他又试了试。

"我是想说，老板，一件玩具如果不再是心爱的，也就没有价值了，对不对？"

140

佐佐把身子又往前倾了一点。在他褪色的衣服里，那些金属骨架发出吱吱嘎嘎的声音。佐佐慢慢伸出一只手，去拿放在工作台上的一个锯齿状齿轮。

猛地，他以令人眼晕的速度，突然把齿轮扔到房间那头，干脆利落地削掉了特级鬼头的脑袋。

比利吃惊地睁大了眼睛。"哇！"他轻声说，"他扔得真准！"

特级鬼头的脑袋在地上骨碌碌地滚，最后停在距比利的脸只有几英寸的地方。它像陀螺一样旋转，随后速度减慢，停住不动了，两只眼睛看着佐佐。

比利有点害怕。接着，那个脑袋开口说起话来，比利就更害怕了！

"好的，老板，我明白了。你真想要那个小绒头。"特级鬼头的身体还站着，它跌跌撞撞地走向那个被削掉的脑袋，开始在地上摸索，却只能猜测脑袋大概在什么地方。它拍拍比利的肩膀，又拍拍比利的面颊。"不是那个脑袋，"特级鬼头的脑袋嘟囔道，"快上这儿来，蠢货。"

身体转过去，不小心踢到了自己的脑袋——踢了一次，两次——然后才抓住它，放回到肩膀上，可是放颠倒了。

"我去把小绒头抓来，老板，可是"——脑袋一歪，差点掉了下来——"可是你考虑一下吧，老板……"特级鬼头

的脑袋摇摇晃晃，歪到了另一边，他赶紧把它接住，像抱一个球一样抱在胸前。"这个孩子可以做一件事，是任何玩具，任何一个心爱的玩具——哪怕是**你**——都永远没法做到的呀。"

佐佐靠回到椅背上。吱吱嘎嘎的声音听上去那么凶险。

特级鬼头说话很谨慎，一字一顿，"那小孩是一个小孩。一个**小孩**，"他说，"只有小孩才能把一件玩具变成最心爱的。"

接着是长时间的、令人无法忍受的沉默。

"老板，"特级鬼头央求道，朝工作台走去，一只手把脑袋固定在脖子上，另一只手指着那个拼凑起来的舞蹈家玩偶，它已经毫无生气地在台子上躺了数不清多少年，"这是你的玩偶不能跳舞，永远不能跳舞的原因啊。"特级鬼头总结道："除非一个小孩把它变成最心爱的。所以，我给你带来了"——他夸张地把手一挥，指着比利——"一个小孩。"

第二十五章

骑兵队

在垃圾场里，气氛变得紧张起来。

就算我已不是比利的心爱，比利仍然是我的心爱，奥利想，他有了危险，我必须去帮助他。奥利曾是一件最心爱的玩具，他以心爱玩具特有的真诚和力量这么想道。比利把我扔掉了！这想法带给他的伤痛，渗透了他的填充材料，直达他作为一个玩具的灵魂深处。

垃圾场老友帮非常清楚奥利内心的感受。如果有机会，他们中间的每一个都愿意回到自己的主人身边！他们知道这对他们来说是不可能了，但现在有个机会让自己再次派上用场。**派上用场**！有所作为！于是，他们团结起来——被丢弃、被遗忘，但充满勇气，把自己组建成一支最离奇的骑兵队——前去救援。

其他垃圾也积极地加入这次征战。冰冰是一台空的电冰箱，变成垃圾的历史比任何垃圾都长，他第一个主动加入，

145

此刻正被安上一些不配套的车轮、独轮车和一个临时拼凑的船帆。他们的计划是把冰冰变成一个快捷便利的交通工具。有一台名叫绿剪刀的除草机也挺身而出。他性情快活，有贵族风范，给整个活动带来了一种狂欢般的气氛。"往后站站，垃圾朋友们。我割过从这里到海德公园的所有草坪，把它们变得绿茵茵，我准备让佐佐那帮流氓统统倒在我的刀下！啊，尝尝我的厉害！"他用新英格兰花花公子的口吻，拖腔拖调地说道。

小卷子有大量结实的钓线，他用它们把冰冰和绿剪刀捆绑在了一起。小盖子开过数不清的瓶瓶罐罐，此刻用娴熟的技巧切割所有需要切割的东西，并做了几件收尾工作，把冰冰从一个超大体积的白色搪瓷金属箱，变成了有史以来第一台越野移动垃圾攻击车！

钟大姐提醒大家，时间正在一分一秒地流逝，键盘打出了最后的指令。

小左子是唯一有四根手指和一根对生拇指的，在需要抓握和捆扎东西的时候，发挥了十分宝贵的作用。

小刷子快速地在每个人身上扫了一遍，让他们看上去干净整洁。

宠物石——是啊，宠物石坐在冰冰里面，等待着。"我天生这副模样，做不了多少事，"他像是在为自己辩解，"我

146

是一块宠物石呀。"

当键盘打出"放粗（出）赞（战）犬！"的字样时，一大批志愿者争先恐后地拥了过来，把冰冰塞得满满当当，其中包括一只名叫霸哥的保龄球，一组刀叉铲子和厨房用具，还有几个由叮叮组织的空易拉罐。

奥利站在冰冰的临时甲板上，不知道让大家出发该说什么。键盘迅速打出一句完美的历史名言，提供给奥利："别去管鱼雷，全速前进！"

第二十六章

黑暗游乐场和旧时的歌

越野移动垃圾攻击车是一台匆匆设计出来的杰作，它运作起来简直有王者风范。他们全速前进，虽然有点摇摇晃晃，但轻松自如地驶过了茂密的草丛、一个个水洼和盘杂的树根。垃圾场老友帮情绪高涨，连冰冰都不记得他们什么时候这么兴奋过。

奥利是队长。平常比利和奥利开着小红车驶下山坡时，握方向盘的总是比利，他们假装飞行、冲撞和外太空旅行时，比利也总是那个英雄人物。然而这次，奥利当上了英雄人物，而且，这不是幻想，而是**现实**。

这样的现实，感觉比幻想还要逼真，甚至还要带劲儿。这可真奇怪。在这疯狂的一天一夜，所有的一切似乎都变大了，都超越了奥利的玩具生活。简直是好吃、吓人和厉害的总合！奥利觉得他再也不会跟以前一样了。他希望自己真的能像内心感觉的那样勇敢。

玩具国奇妙夜

　　叮叮开始跳上跳下，不住地敲击他的拉环，示意大家驶向那一片茂密的藤蔓和小树丛。黑暗游乐场就在前面。

　　"大家都站稳了！"奥利吩咐，指引他们向游乐场靠近。然后他低头对绿剪刀喊道："拜托，慢一点，轻一点。"

　　"好嘞，好嘞，队长。像草一样轻，像高尔夫击球杆一样慢。"割草机回答。

　　奥利逃脱佐佐的魔窟时，只顾疯狂地逃命，没有看清游乐场的真实模样。实际上，游乐场里有一片阴森森的东西。起初以为是一排奇形怪状的树木，其实是一架被藤蔓覆盖的旧过山车的局部。

　　他们悄悄地从过山车旁驶过，穿过月光映照下的那些神奇的、影影绰绰的旧游乐设施。它们被杂草、藤蔓和树木掩盖，只是隐约可见，树枝在那些锈迹斑斑的器械里纠结盘绕，使它们看上去就像噩梦里树叶覆身的巨怪。

　　有个东西活像一只受伤的巨形蜘蛛，后来才发现是一个摩天轮，一半的辐条都脱落了，小树苗从那些歪歪斜斜的车厢里生长出来。旋转木马空荡荡的，阴森可怖。许多匹马都脱离了柱子，乱糟糟地挤作一团，互相缠绕，如同凝固了一般，不再旋转——被阴影笼罩，慢慢腐烂，一派凄凉。有几匹马只是被细细的枯藤和毒葛牵拽着，没有倒下。

　　垃圾场老友帮经过旋转木马时，都充满敬畏地保持沉默。

150

"他们在休息。"钟大姐说的是那些马。

"他们当年风光无限，下场不应该这么凄凉。"绿剪刀说。

奥利看到这些衰败的动物，不禁黯然神伤。他在书里见过旋转木马的图画。看上去那么美丽。那些描画的木马，漂亮得超出他的想象。他总是希望能和比利一起，坐在这些奇妙的动物身上一圈圈地旋转。

"喂，大马们！"他们慢慢驶过时，奥利喊道，"我们能为你们做些什么吗？"

垃圾场老友帮仔细聆听对方的回答。微风沙沙地吹动杂草和树叶，让他们感到大为吃惊的是，旋转木马竟然微微地转动了一点点。陈旧的金属和木料发出了吱嘎声和呻吟声。废墟里飘出了细弱而干涩的低语，就像刨花落进尘土的声音。"一首歌……如果能有……一首歌……就好了……"然后旋转木马又归于寂静。低语声那么纤弱，如同动物垂死前最后的喘息。他们必须做点什么。

"谁会唱歌？"奥利问大家。他们面面相觑。每个人都知道一两首歌。易拉罐会唱各种牌子的广告歌。宠物石以前坐在车里听收音机，也会唱不少歌。

"当然啦，我是一块石头，所以比较偏爱滚石音乐。"他承认道。小卷子知道许多关于大海的歌，但是它们都有点"少儿不宜"。奥利会唱几首更像是催眠曲的歌。他意识到，他

们必须尽快拿定主意。比利还等着他们去救呢。

"钟大姐！挑一首歌！"他催促道。

钟大姐会唱一首歌。她听过许多遍。似乎非常合适。她开始打拍子，节奏很慢，像华尔兹。一——二——三。一——二——三。听起来不忧不喜，也许是喜忧参半。易拉罐的拉环开始叮叮作响，刀叉也开始互相碰撞。一——二——三。一——二——三。接着钟大姐唱道：

> 怎能忘记旧日朋友，
> 心中能不怀想？
> 旧日朋友岂能相忘，
> 友谊地久天长……

垃圾场老友帮也跟着一起唱了起来。他们不知道自己怎么会唱这首歌的。似乎自然而然就到了嘴边。就像四季的更替，或者空气。它带来了一种难以形容的感觉，柔软，温柔，触动了他们内心深处的情感。他们全身心地投入歌唱。金属、木头、打字机键盘、塑料钓鱼线等组成了奇异而美妙的合唱……

> 友谊万岁，朋友，

友谊万岁，
举杯同饮，同声歌颂，
友谊地久天长！

这首歌令他们深深陶醉，他们唱得那么卖力，简直不敢相信自己还能有这么多的热情和力量。接着，不可思议的事情发生了，旋转木马竟然开始慢慢地旋转。凝固已久的木马微微地上下移动，旋转木马内部那架古旧的蒸汽笛风琴也奏出了乐音。

我们往日情意相投！
让我们紧握手！
旧日朋友岂能相忘，
友谊地久天长！

这首歌有一种无法解释的神奇力量。它让旋转木马想起了以前的岁月，恢复了昔日的风采——美好，充满音乐和欢乐。回忆真是一个强大的东西，奥利想。他们的音乐在暗夜中久久地回荡。

第二十七章

正面较量

说老实话，佐佐从来没有跟一个真正的孩子这样近距离接触过。在砸佐佐游戏亭，他总是在柜台后面自己的宝座上，和那些扔球砸小丑国王一起，跟或如愿以偿或失望而归的孩子们，隔着十米的距离。

佐佐迈着缓慢、呆板的步子，走向比利，比利在地上不安地扭动着。佐佐俯身凑近比利的脸，看着昏暗的光映在比利忧虑的眼睛里，闪闪烁烁。玩具的眼睛不会这样灵光闪动。比利的面颊上有一道伤痕，是夜里在什么地方被擦伤的。佐佐用手里一个锋利的小金属钩子碰了碰那道擦痕。

"哎哟！"比利喊道，"别碰我！"

佐佐更仔细地端详着擦痕。又用钩子碰了碰它，动作更粗暴了。

"哎哟！"比利嚷了起来，"疼死了！"

佐佐似乎兴趣大增。"他被弄破了，"小丑平静地说，"他

被弄破时会感到疼。"玩具不像人，玩具被弄坏不会有痛感。哪怕被揪掉一个胳膊、丢掉一个脑袋，都感觉不到丝毫疼痛。玩具感受的痛苦都在心里，那种痛苦总是由"失去"带来的。自从舞蹈家从他身边被带走后，佐佐生命中的每一分钟都感受着"失去"的痛苦。

"让他坐起来！"佐佐命令他的那些鬼头，"让他看见我的舞蹈家！"

比利感到四面八方都在拉扯他。鬼头们不太擅长做这件事。他们倒是已经麻利地把绳子拴在屋顶上，正在想办法把比利跪着吊起来。特级鬼头的脑袋跟身体分了家，总是一个劲儿地往下掉，他对鬼头们下的命令，也因为脑袋掉落的方向不同而变得乱七八糟。"往上！翻过来！往下！我是说往上！"

他们两次让比利掉了下来，直接落在了特级鬼头身上。第一次，特级鬼头差不多被压扁了。第二次，他们怎么也找不到特级鬼头的脑袋。那脑袋不停地喊，"我在这儿！我在这儿！"最后，那帮喽啰终于发现那脑袋被弄到了比利的睡衣口袋里。那个口袋跟往常一样，里面装着六片已经嚼过的口香糖。三个鬼头用了好大力气才把粘在口袋里的脑袋拔了出来。当他们想把特级鬼头脸上的口香糖抠掉时，比利好心地解释道："我总是把口香糖放在口袋里，留着以后用。"

佐佐气得暴跳如雷，开始亲自指挥。特级鬼头的脑袋此刻颠倒着粘在比利的膝盖上。佐佐随它待在那儿。佐佐一门心思只想让比利坐在他指定的地方。他吩咐鬼头对比利又拉又拽，用绳子捆了左一道右一道，最后比利总算坐直了身子，双腿蜷在下巴底下。佐佐感到满意了，但比利很不高兴。他们对待他的方式太粗暴了，就像对待比利在另一个房间看见的那些吊在墙上的玩具一样。

比利心里忐忑不安。捆绑他的一些绳子和电线深深勒进了他的皮肤里。那些捆住手腕、把双手绑在背后的绳子最令他难受。双手和胳膊每动一下，都是一阵钻心的疼痛。不过，比利很快就发现，捆绑他脚踝的绳子比较松，他把双脚互相搓一搓，就能让袜子滑下去，掩盖住捆得不紧的绳子。

至少他能把双脚挣脱出来，夺路而逃。然而问题是，他的膝盖抵在他的下巴底下，而特级鬼头那张黏着口香糖的脸，正瞪大眼睛盯着他呢。

"好吧，孩子，"特级鬼头说，"你往那桌子上看。"

比利照他说的做了。

"看见那个跳舞的玩偶了吗？"

比利看见了那个玩偶。工作室的几十盏各种样子的灯都把光投向了它。比利起初感到很疑惑。这个玩偶看上去非常熟悉。接着他明白了。可是这怎么可能呢？难道他妈妈最心

157

爱的玩具不止一个？比利不由自主地说出了玩偶的名字："妮娜。"

佐佐已经退到了阴影里他的宝座边上，听到比利说出这个名字，他又凑了过来。他饶有兴趣地注视着比利的表情。即使过了这么多年，他仍然记得孩子们挑选自己最心爱的玩具时的神情，记得他们发现"最中意的"时眼睛里的亮光。

比利目不转睛地看着舞蹈家玩偶，看了又看。佐佐静静地注视着他，神情里透着不祥。鬼头们不安地面面相觑。四下里静悄悄的，只能听见鬼头们紧张移动时的吱吱嘎嘎声。

特级鬼头——其实是他的脑袋——跟比利挨得最近，他看到男孩脸上的神情，知道出了不同寻常的事。这么多年来，他近距离见过许多孩子。见过他们欢笑，也见过他们哭泣。他偷走了许多最心爱的玩具，所以制造了大量的眼泪。那是他最擅长的。就像蜜蜂喜欢酿蜜一样，特级鬼头最喜欢制造泪水。然而，比利看上去既不悲哀，也没有哭泣的迹象，而且似乎并不害怕。特级鬼头倒有点害怕了。他的计划好像出了故障。

"这是什么，孩子？"他轻声问，但比利没有理睬他。

"这个男孩也不能把我的舞蹈家变成'最心爱的'？！"佐佐说。

比利终于把目光从玩偶转向了佐佐。

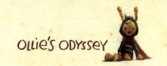

"我不能。"他轻声说，"我不能。"他又说了一遍，声音更轻："我不能，我不能，我不能，永远不能！"

佐佐抓起一根细细长长的金属棒，金属棒的一头焊着一小块凹凸不平的铁皮。他把这尖利的一头抵在比利胸口，就在靠近男孩心脏的地方。

"你肯定能做到的，孩子。"特级鬼头请求道，他看见铁皮尖紧紧压在比利睡衣的口袋上，"佐佐可不是在开玩笑！"

房间里的气氛那么安静和紧张，简直可以感觉到每块肌肉、每根弹簧、每个金属关节、每块布料都在绷紧，每一次呼吸都局促不安。接着，在这一片寂静中，传来一个遥远的声音……一个回音……音乐。似乎来自久远的过去。确实如此。那是旧旋转木马的声音。

起初，谁也不知道该如何反应，甚至不知道自己是否真的听见了这奇怪而古老的声音。鬼头，玩具，比利，甚至佐佐，都不敢肯定。但音乐继续响着。接着，小丑国王想起来了：妮娜。妮娜离开时的声音。妮娜那个小铃铛的清脆声音。他以为永远不会再听到了。没想到，就在这天晚上的早些时候，他又听到过那个声音。在一个逃跑的手工玩具的胸膛里。

"你知道妮娜的名字！"佐佐低声对比利说，"那个逃跑的绒布玩具。"在佐佐陈旧松脆、锈迹斑斑的记忆里，许多往事的片段拼凑到了一起。"那个带铃铛的手工玩具……**你**

的玩具……"佐佐的眼睛闪闪发亮，"你怎么知道这个名字？我的妮娜在哪儿？"

比利满脸困惑。

比利可能感到害怕，但没有表现出来。他拿定主意，不表露自己的任何情绪。他要让自己的脸像玩具一样毫无表情。他绝不会透露自己已经知道的那个秘密。

第二十八章

隧道

几分钟之前，奥利和垃圾场老友帮开着那辆越野移动垃圾攻击车，来到了情侣隧道的入口处。是宠物石发现了旧水道边缘泥泞里的小飞马。

"船尾那儿有一个带翅膀的玩具马！"宠物石喊道。

"好眼力！那是比利的玩具！"奥利说。宠物石感到很得意，他只有一个眼睛，能听到这样的夸赞很高兴。"拜托，往后退退，绿剪刀先生。"奥利吩咐道。割草机立刻把他们拉到水道边，在草地上留下一道漂亮的小径。

叮叮和小左子爬下车，把小飞马捡起来拿给奥利。小飞马感觉到了远航征战的气氛，大声说道：

"飞马报到，长官！"

"告诉我们，你能做什么，飞马！"奥利说。

"是，队长。"飞马承认了奥利的首领身份，回答道，"敌人把比利总统带到这里，然后把他弄到一条大木头天鹅船上，

OLLIE'S ODYSSEY

他们开着天鹅船，顺着水道过去不见了。"

比利总统？听起来很合适。在某个孩子的玩具的心目中，他们的小主人就是一位大总统啊。

叮叮和小左子看着奥利，等候指示。奥利感觉到整个团队对自己的信任，顿时勇气倍增。这勇气也让他感到害怕，因为奥利知道他们并没有明确的计划。平常，在许多假装的攻击和侵略游戏中，奥利一直是比利的副手，多少知道一些作战时说的话，比如："冲啊！""掩护我！"和"使用武力！"但他从没想象过自己会领导一支真正的团队，就像此刻这样。

一个现实中的男孩——他的小主人，比利总统——被一帮现实中的坏蛋抓走了。那帮坏蛋做了数不清的坏事、恶事和违法的事，奥利必须成为有史以来的小主人最勇敢、最出色的高级安全守护者。他必须为了比利这样做，虽然比利把他扔了出来。这是所有玩具的准则。这样的现实有点让人害怕。说实在的，这样的现实**真的**太吓人了。

奥利低头看着黑黢黢的水道。他们也都跟着望去。

"天哪，那里面真黑啊。"小盖子说。

"黑到了极点。"小卷子赞同道。

"太黑了，我都看不见我手掌前面的大拇指了。"小左子说。

鬼头们绑架比利时，叮叮曾跟着他们进入水道，一想到

还要再回去，他忍不住有点打哆嗦。他一哆嗦，别的易拉罐也跟着抖动起来。然后那些刀叉也开始发抖。键盘啪啪地打出了许多问号。微风中，旋转木马传出的音乐听上去有点阴森恐怖。此时此刻，越野移动垃圾攻击车上发出那么响的叮叮当当的碰撞声，你简直可以听见他们的恐惧了。

我该怎么办？！奥利想。就连他自己的铃铛心也在叮叮作响了。我天生没有勇气。我只是……窝囊废！然而他**知道**自己必须做什么。他必须找到比利。

风平息了，旋转木马的声音不再那么诡异，接着，在隧道的入口处，一点一点的小亮光开始出现，先是十几个，随即越来越多。萤火虫！好几百个萤火虫，有些在他们周围飞舞，更多的聚集在奥利身边，数量那么多，简直把他们的眼睛都晃花了。我认为他们是来帮助我们的。奥利想。无数个萤火虫闪闪烁烁，垃圾场老友帮几乎看不见奥利了，但他们不再害怕：他们都知道萤火虫没什么可害怕的。然后，这些闪闪发亮的小昆虫开始飘走，离开奥利身边，重又顺着隧道远去。他们飞进黑暗的入口处，把隧道照亮。亮光够了。足够奥利他们看清道路。看清前面有什么。

第二十九章

运河

奥利把他和比利看过的每一部打仗的电影、听过的每一本书里的各种战术都想了一遍。"好吧！"他命令道，"我们的计划是：来一些罗宾汉，再来一些动用武力，再来一些特洛伊木马，再来一些……黄色潜水艇。"

垃圾好友们竟然听懂了。幸运的是，冰冰关上门之后是防水的，可以像潜水艇一样潜入水中。他那古老的冷却电机，可以完美地推动冰箱，畅快地行驶在黏乎乎的泥浆水里。那些易拉罐一钻进冰冰的肚子里，就忙着用各种轮子、刀叉和用五花八门的破烂碎片做成的奇特小弓箭武装自己。然后，在奥利的吩咐下，冰冰潜到了水下。

奥利叫小飞马守住隧道入口，他和垃圾场老友帮跳进了一条在水中漂浮的木头天鹅船。他们让天鹅船离开岸边，在冰冰前面漂进了水道。他们蹲下身子，隐藏起来。每个垃圾都大致地知道自己应该做什么。他们严阵以待，蓄势待发，

精神饱满，生龙活虎。再加上许多他们并不完全理解的形容英雄的词语。萤火虫继续在他们头顶上飞舞，但是当他们靠近隧道尽头时，这些小昆虫们的亮光开始变暗。奥利从天鹅长长的脖子后面探头看去，发现对岸的码头无人把守，而且——这可能吗？是的！真是如此！——码头再往前就是那个囚禁玩具的房间。奥利可以听见说话的声音。其中一个无疑就是佐佐，另一个……是比利！

奥利转向他的团队。"好了，诸位！你们清楚该怎么做！"他轻声说。

"非常清楚！""有点清楚！""好像清楚！"他们回答。

"别这么大声，伙计们。"奥利让大家安静，"别忘了，这是一次超级机密、超级特工、超级忍者、超级突然袭击大坏蛋的突然袭击。"

"没——错！"他们都轻声答道，感到自己的每个细胞都是超级特工、超级忍者，绝对不是垃圾。

奥利耐心地等待天鹅船终于贴到了破旧码头的边缘，这个码头是游乐场的尽头。奥利拿着对讲机轻声说："叮叮，听见我说话吗？叮叮，请回答！"

过了片刻，传来了"叮！哒 哒叮"的声音。

"很好，"奥利回答，"叫冰冰留在水下，等我的命令。听见了吗？"

"哒 — 哒 — 哒 — 叮。"

"好的，保持镇静。"奥利说。他仔细地打量周围。一只孤零零的萤火虫往前飞去，似乎想弄清前面有无危险。它悬停在囚禁玩具的那个房间的门上，把亮光闪了几闪。

"那肯定是他们在发信号！快走！"奥利指挥老友帮前进，他们连蹦带跳，一步一滑地下了天鹅船，来到码头上，

然后朝玩具牢房的门口走去。房间里光线昏暗，唯一的亮光来自佐佐的魔窟。

"我们现在可以喊'冲啊'了吗？"宠物石问。

"不行，"小左子说，"我们还在埋伏！"

"好吧，那我们可以喊'埋伏！'吗？"

"恐怕不可以。"小盖子说。

"我认为应该埋伏到正式进攻的时候。"小刷子加了一句。

键盘被几个垃圾助手拖着走，钟大姐跟在旁边。每个垃圾手里都拿着一把旧刀子或奶酪叉作为武器，除了宠物石——他什么也拿不住。"就把我扔出去好了！狠狠地扔！我是块石头！我承受得住！"他固执地坚持道。

奥利第一个赶到了那些被遗忘的心爱玩具的门口，透过他们的牢房，他能看见佐佐魔窟那间亮灯的密室，以及房间那头的比利。比利！

比利坐在那儿，双腿曲在胸前，背对他们。几十个鬼头围在他身边——房间里到处都是鬼头。在比利身后，就是佐佐的桌子。桌上有一个玩偶，一个芭蕾舞女演员玩偶。看上去很像——不，这不可能。可是，没错——看上去很像比利妈妈很久以前拍的那张照片上的玩偶妮娜。佐佐站在玩偶旁边，神情专注地看着比利。

第三十章

回音

奥利一点点地往前挪动。他走路时不像一个普通的绒布玩具，而像一个执行任务的绒布玩具！垃圾场老友帮都跟在他身后：保持高度警惕，随时准备出击，打对方一个措手不及。

他们蹑手蹑脚地经过那些被囚禁的玩具，玩具们认出了奥利，立刻明白绝不能发出一点声音。有几个玩具似乎比奥利上次看见时更加破烂了。他们帮助奥利逃跑后，鬼头和佐佐显然没给他们什么好果子吃。有些玩具几乎被撕扯成了碎片。独眼、胡萝卜小白兔、流浪汉，都失去了一些布料、填充物或零件。但他们不在乎。奥利和同伴刚给他们松绑，他们就立刻排好队伍，准备投入战斗。

玩具们都被解放了，奥利贴着墙壁，悄悄挪到佐佐魔窟的门边。现在可以清楚地听见佐佐说话了，他听见的内容令他震惊。

"这个男孩不能把我的舞蹈家变成最心爱的！"佐佐喊道。

"我不能。"比利轻声说，"我不能。"他又说了一遍，声音更轻了："我不能，我不能，我不能，永远不能！"

奥利偷偷看了一眼。佐佐用一根类似长矛的东西抵在比利胸口。

随后是一片寂静。奥利扭头看了一眼垃圾帮，忧心忡忡。

"动手吧！"宠物石低声说。

奥利急切地摇摇头——不行。他不能确定。他内心深处知道必须等待某个东西，但不知道是什么。许多感觉同时涌上心头——害怕，勇敢，平静，还有别的。另一种神秘的东西，如同一份他不知道自己拥有的记忆。他在等待。他抬起头。萤火虫们又聚拢过来，就在他头顶上，亮光非常微弱。然后，最亮的那只萤火虫嗡嗡地飞下来，落在他的胸口，就在他的铃铛心脏的上面一点。奥利惊讶地注视着，只见萤火虫一亮、一灭，一亮、一灭。闪烁——闪烁……闪烁——闪烁……就像一颗跳动的心。

萤火虫继续着这种闪动的节奏，奥利明白了对方想要告诉他什么。他的铃铛。他的心脏。曾经不仅仅属于他——曾经属于在他之前的妮娜。

闪烁——闪烁，闪烁——闪烁。

　　与此同时，奥利知道佐佐正把长矛扎入比利的胸口，就在比利的心脏上面一点。

　　佐佐的声音像洪钟一样。"你认识我的舞蹈家，是不是？我从你脸上看出来了。**你认识她！怎么认识的？**"

　　萤火虫不再闪烁。奥利知道该怎么做了。他开始用全部的力量锤打自己的胸口，让那个铃铛发出响亮清脆的声音。

第三十一章

冲啊！

比利打量着佐佐。"对不起，佐佐先生，"他平静地毫不屈服地说，"你说得对，我不能把你的妮娜变成最心爱的。我已经有了最心爱的玩具，他的名字是奥利。"

听到铃铛的声音，佐佐惊呆了。"我的妮娜。我的妮娜。"他说，语气近乎温柔。接着，他显露出一种表情，是鬼头们在他脸上见过的最接近于笑容的表情。

比利知道他的机会来了。他很慢很慢地、不让任何人注意地俯下身，用一只手捂住特级鬼头的嘴。然后开始用特鬼脑袋上的锐利铁皮切割捆住他手腕的绳索。就在快要割断的时候，突然听见一声滑稽的呐喊，既不是孩子也不是动物。毫无疑问是一个玩具在喊。一个非常勇敢无畏的玩具。**他的玩具。**

"冲啊！"奥利喊道。

接着，每一个垃圾、每一个古老的玩具都加入了这雄壮

OLLIE'S ODYSSEY

的呐喊："冲——啊！"

他们发起了进攻。

鬼头们完全惊呆了，根本来不及反应。没等他们做出防卫，垃圾和玩具就打得他们晕头转向，像拍苍蝇一样把第一批坏蛋横扫在地。

比利猛转过身，吃惊地张大嘴，脸上带着惊讶的微笑。他看见奥利领头向前冲，挥剑左劈右砍，动作那么快，没有一个鬼头能逃脱他的砍杀。鬼头们纷纷从他身边抱头鼠窜。

"真是好样的。"比利开心地、不敢相信地喃喃说道。

比利过了一刹那才意识到，是奥利在指挥这场进攻。

在这几秒钟里，鬼头们已经缓过神来，用他们惯常的伎俩和手段开始反击。但是，垃圾场勇士们和铁了心的玩具们早已形成一道屏障，把比利牢牢围在中间。"比利总统！"垃圾们欢呼道。

"保持队形，让我把他解救出来！"奥利喊道，纵身跳上比利的膝头，踩在了特级鬼头那黏着口香糖的脑袋上。

"呀！"奥利说。

"往后退。"特级鬼头回答。

"'比利总统？'"

"这真是一个古怪的夜晚。"奥利说。然后他挥起宝剑，砍向捆绑比利手腕的最后几道绳子，把它们砍断了。

173

"哇，"比利说，"你真是个了不起的勇士，奥利！"

"谢谢，比利。"奥利说，骄傲、高兴和如释重负的感觉交织在一起。比利内心也是同样的感觉。

"我本来以为我会救你！"

"嘿，我这救人的本事是跟你学的。"奥利回答，一边扯去了捆住比利的最后几根绳索。没有时间做拥抱、滴答答之类的事了，还要继续战斗呢。

"好了，我们快离开这儿！"奥利吩咐道。

"同上。"比利表示赞同，他跳起来，抖落掉腿上的绳子。但是他首先需要做一件事。他现在非常生气，生佐佐的气，因为佐佐做了那么多坏事和违法的事。比利想找到那个小丑玩具。然而，佐佐已经不知去向。

比利看见奥利盯着佐佐工作台上的舞蹈家玩偶。

"跟妈妈的那个几乎一模一样。"比利说。

奥利点点头。

"我猜妈妈肯定很想她。换了我也会这样想你的。我要把她拿回家给妈妈！"

接着，奥利知道自己要做什么了。

奥利第一次没有赞同小主人的意见。以前每一次玩游戏、大冒进，哪怕只是随便闲逛，拿主意的都是比利。但这次必须有所不同。

"不，比利。"奥利说——不是用赌气或开玩笑的语气，而是以一种比较成熟的方式。

"怎么？"

"我们不能拿走她，"奥利说，"她属于佐佐。"

"可是她看上去多么像妈妈的妮娜……"

"但她不是你妈妈的妮娜。在过去的很长很长时间里，你妈妈一直爱着妮娜，后来妮娜旧得散了架。这不会是一样的。"奥利说。

比利仔细想了想。他知道世界上只能有一个奥利。但是他还没来及表示同意，突然一阵剧烈的震动，席卷了整个房间，随后传来水泥崩裂的有节奏的刺耳声音，似乎一把巨大的锤子在敲打隧道的地面。灯开始朝四面八方摇晃。接着，密室的后墙坍塌下来，碎石瓦砾和灰尘堆满了整个房间。

垃圾场老友帮和鬼头们都四散逃开，水泥和砖块纷纷砸在他们身上。

比利一把捞起奥利。

在渐渐散去的尘雾里，悄悄出现了一个可怕的、螃蟹一般的多腿机器，比一个成年人还高，腿是用长长短短的梁木和旧游乐设施残骸做的。它的中间是一辆旧碰碰车，上面画着一张笑脸——那种丑陋恶俗的笑脸，你只有在游乐场才会看到。方向盘后面，坐着小丑国王佐佐，在机器上那些麻点

般的昏暗灯泡的闪烁映照下，他的脸看上去阴森可怕。机器后面拖着一条蝎子般的尾巴，在半空中蜷曲、拍打。

"喔哟！"宠物石说，在刚才的激战中，他被小左子抛了出来，此刻躺在地上，就在奥利和比利旁边，"我想，现在应该喊那句逃跑的话了。"

奥利完全同意。"**撤退！**"他下了命令，其实这是多余的，大家已经以最快的速度掉头逃窜了。比利看见了宠物石，一把抓了起来。

"谢谢你，总统先生。"宠物石说。

奥利冲着手里的对讲机，朝叮叮大声发布指令。"让冰冰浮出水面！派出易拉罐！我们在逃跑！"

佐佐用蝎子尾巴朝他们出击。奥利和比利赶紧闪身躲避。尾巴打中了他们身后的墙，墙倒塌了下来。比利和奥利拔腿朝码头奔去。

佐佐和他的机器在后面紧追不舍，撞倒墙壁，摧毁了狭窄的门洞。鬼头们跟着佐佐蜂拥而来，就像一大群发了疯的蜘蛛。

"撤退是不是说明我们不再勇敢了？"小左子大声问，他抱着键盘，绿剪刀全速冲向安全的地方。

当垃圾场老友帮和玩具们跌跌撞撞地跑上情侣隧道的码头时，却发现冰冰不见了踪影。

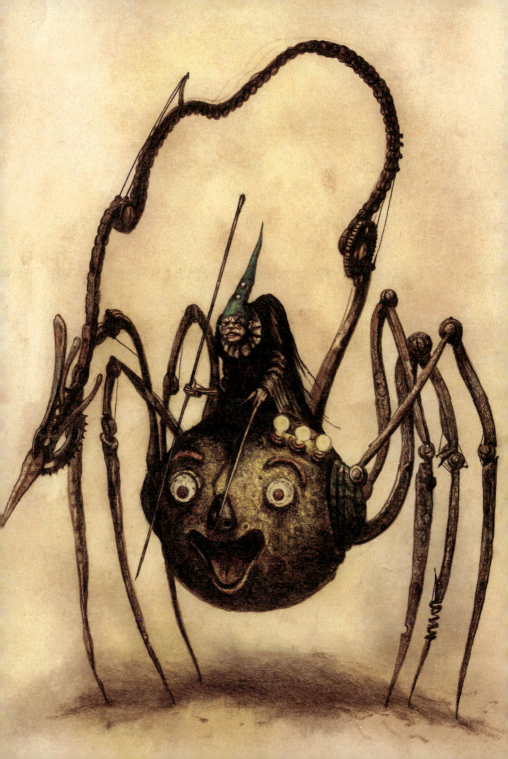

"哎呀！"奥利焦急地看看天鹅船，又看看水面。"天鹅船太小，装不下所有的人。"

就在这时，冰冰像巨大的软木塞一样浮出了水面，掀起高高的水花，如同一个炮弹轰然炸开。

"乌拉！"垃圾和玩具齐声欢呼。冰冰停稳后，门突然打开，叮叮和他的易拉罐小分队从里面跳了出来。他们出现得正是时候，鬼头们正蜂拥而来，决意切断他们逃跑的路。

奥利喊道："叮叮！你们把他们牵制住，我们把旧玩具都弄到车上去。"

叮叮和他的易拉罐兄弟——带着他们的弓箭、长矛和宝剑——搭成一道高高的屏障，有三个易拉罐摞起来那么高，与此同时，奥利和垃圾场老友帮帮助那些玩具疏散。

大多数玩具都上车之后，奥利吩咐道："现在，把键盘瞄准大门！"垃圾场老友帮都清楚地知道该怎么做，他们做好准备，把大头钉源源不断地提供给打字机，让他用键盘把它们发射出去，就像加特林机关枪一样。

鬼头们带着狂欢般的邪恶，浩浩荡荡地扑过来，而且竟然唱起了一首阴森恐怖的战歌，还用武器敲打他们的金属盾牌，敲打他们的胸脯或其他能发出声音的地方。

劈！砍！把玩具统统撕碎！

揪掉胳膊！

揪掉大腿！

揪掉玩具的小脑袋！

这个时候，最后一批旧玩具被匆匆运到天鹅船上。比利听到了一些抗议的声音。

"我想作战！"独眼泰迪熊说，他似乎领导着一批不肯疏散的泰迪熊，"我们是泰迪熊联盟，也应该有作战的权利！"他喊道，然后转向比利，"总统先生！你大权在握。请开开恩，让我们尽自己的职责吧！"

比利不得不提醒自己关于泰迪熊的那一小段历史。泰迪熊是骑马征战的年代，为了纪念一位名叫泰迪·罗斯福的真正的美国总统而发明的，罗斯福当年是一名士兵，到山上去打一桶水，遇到了一场大战，于是泰迪熊就被发明了。比利心想，泰迪熊肯定也具有一些军人气质呢。

"好吧，泰迪！"比利同意了，"跟易拉罐一起战斗！"

"是，总统先生！"泰迪熊们漂亮地敬了个礼，加入了队伍。比利朝他们回了礼。战斗就要开始了，他需要一件武器。啊，有了。

情侣隧道的码头上散落着许多旧游乐场的残骸碎片，其中有一个旗杆，是过去某个娱乐设施上的。旗杆不长，但也

足够了。上面那个破旗子很简单，只印着一个词，其实是一个名字：**佐佐**。旗杆顶端精心雕刻着一个小丑脑袋，它的尖帽子像矛尖一样。比利一把抓起了旗杆。

这个时候，佐佐的那个机械怪物，因为太大，没法穿过门洞到码头来，开始砰砰地撞击门框，蝎子般的尾巴横扫着周围的支撑物。

这时传来一声可怕的巨响，震耳欲聋。门框四周的墙壁倒塌了，佐佐驾驶着他那可怕的机器爬了进来。唱着歌的鬼头们发出一声可怕的欢呼，准备发起进攻。

比利紧紧抓住他的旗杆长矛。突然——哎哟！——什么东西咬了他的脚踝。咬得真狠。他低头一看，特级鬼头的脑袋勾在了他的袜子上！肯定是在刚才的混战中掉下去的。比利把那颗千疮百孔的脑袋扯下来，举到与自己的眼睛齐平的位置。

"你必须阻止佐佐，孩子，"特级鬼头说，声音沙哑刺耳，"他会把每个人撕成碎片的。他什么也不顾，只想着自己的伤痛和仇恨。"

比利把可怜的超级鬼头的脑袋放进口袋，刚要回答，只见奥利冲过叮叮的易拉罐兄弟防线。奥利又喊了一声："冲啊！"便独自朝佐佐大军扑去。

第三十二章

吐露真相的萤火虫

说时迟那时快，佐佐出击了，这次他瞄得很准。佐佐击中了奥利，把他压倒在地。奥利挣扎着想站起来，但是佐佐机器的几条前腿重重地压在他身上。然后，机器跪下来，使佐佐与挣扎的奥利四目相对。蝎子般的尾巴凶险地弓起来，准备再次出击，那锐利的尾尖要把奥利撕成碎片。鬼头们开心地吱哇乱叫，乱哄哄地冲向比利，冲向那些五花八门的玩具和垃圾。

"给他们点厉害尝尝！"比利喊道。垃圾场大军用大头钉、弓箭和锋利的垃圾，发起了密集的火力攻击。打得敌人毫无招架之力。

打前阵的鬼头们像枯叶一样被击溃，可是后面一波快速地扑了上来，如泥石流一般席卷叮叮的易拉罐阵营。

键盘把成千上万的大头钉射了出去，好像一分钟内打出了无数个单词，速度超过任何人，与此同时，垃圾场老友帮

不停地把尖利的东西投射出去，就好像他们一辈子都在经历危险的战斗。大头钉射中了鬼头们，力道又狠又准，打得鬼头无法前进。他们有的散了架，有的倒在地上动弹不得，或者彼此摞在一起，成为杂乱无章的一堆，丢盔弃甲，溃不成军，那场面十分滑稽。

比利冲过去帮助奥利。那些泰迪熊像疯狂的哥萨克骑兵一样，紧紧跟在后面，把键盘没有击中的鬼头统统扫到一边。真是一场激烈的战斗！刀叉、易拉罐、玩具和鬼头四处横飞，互相砍杀、搏斗、撕扯，一片混战的场面。

在接下来的几秒钟里，发生了许多事情。时间似乎放慢了速度，许多人的命运就在这一刻决定。

佐佐气得发疯。他无法克制自己。他心里只有一个念头：那个手工玩具必须死。他让蝎子般的尾巴发起进攻。

尾巴出击。

但没有击中目标。

在最后关头，比利扑了过去，以他自己都不敢相信的速度，用旗杆挡住了机器那致命的尾尖。尾尖打中了旗杆上雕刻的小丑脑袋，把它几乎劈成两半。机器再也开不动了。

第三十三章

回忆

奥利相信自己已经死了。他只是不明白头顶上方怎么有个小小的佐佐木头脑袋，眼睛中间还带着那个蝎子尾巴尖儿。他转过头，看见比利站在他身边，手里拿着一根长矛般的东西。长矛一端就是那个被劈开的佐佐脑袋。

接着，他看见了佐佐，真正的佐佐，坐在他的怪物机器里。可是佐佐没有看他，而是抬头往上看。于是比利也抬头望去。奥利也把目光转往那个方向。

是萤火虫。他从没见过这么多的萤火虫，成千上万。那亮光简直令人惊讶。它们盘旋飞舞，聚集成一个形状，一个特殊的形状。

奥利从锋利的长矛底下跑出来。他站在那儿，战斗停止了，大家都为萤火虫的出现感到震惊。

萤火虫飞啊飞啊，越聚越拢，最后形成了一个确切无疑的形状，是舞蹈家玩偶妮娜的脸，由一千个闪闪烁烁的光点

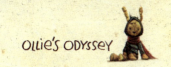
组成。萤火虫照亮了码头，它们的亮光明灭不定，却奇怪地令人感到安心。

接着，从这张脸中传来一个声音，一个银铃般的声音。是妮娜在说话。

"停止吧，佐佐。不要再错下去了。"她说，"这些玩具没有伤害过你。"

佐佐什么也没说。

"我一直都没有忘记你，佐佐，"舞蹈家玩偶继续说道，"当年，我是你最心爱的，你也是我最心爱的。后来，我成为一个孩子最心爱的玩具，过了漫长而满足的一生。那个孩子一直都很爱我，最后我散了架，变成了幽灵。一个守护者幽灵，负责守护另一件最心爱的玩具，玩具的名字叫奥利。"

奥利把脸转向佐佐。

"我不是你的敌人，佐佐先生。"他说。

佐佐板着脸看着奥利，然后抬头看着上面那个幻象。他的仇恨一点点消退，但是他依然一声不吭。

妮娜的脸越发明亮。"他对你说的是实话，亲爱的佐佐。那个铃铛是我的。你还清楚地记得它的声音。而把我视为最心爱玩具的，正是比利的妈妈。她珍藏着那个铃铛，后来做奥利时，把铃铛缝在了他的身体里。可是只有玩偶和铃铛是不够的。我没法回到你身边，除非你心中不再有仇恨。"她

的亮光越来越强，"佐佐，"她恳求道，"你曾经是一位国王，尽你的力量安慰了我们大家。你回忆一下，回忆一下，拜托你回忆一下吧。"

终于，佐佐的表情变了。虽然锈迹斑斑，虽然颜料剥落，但他脸上的表情变得柔和了。他的目光一刻也没有离开头顶上那个幻象，最后，他说话了。他的声音温和、友善，他已经很长很长时间没有这样说话了。

"我回忆起来了，"他轻声说，"我现在回忆起来了。"

他话音刚落，更多的萤火虫出现了，它们似乎是从四面八方飞来，共同构成了一个完整的妮娜。这个由亮光组成的妮娜，飘到佐佐身前，用双手托起佐佐的脸。

在神奇亮光的映照下，几十年的仇恨融化了，佐佐的脸变得不再那么凶恶和恐惧。"我回忆起来了，"他又轻声说道，嗓音里透着令人惊讶的温柔，"我回忆起来了。"这一刻，时间仿佛凝固了。佐佐和妮娜沉浸在回忆中，在场的每个人，包括那些最阴森的鬼头，都感到一种异样的平静。

大家都等待着。

等待着接下来会是什么。接下来是一声巨响——惊天动地，似乎是水泥崩裂——房间开始剧烈晃动，如同世界末日来临。墙壁倒塌后，天花板再也无法支撑，开始往下坍陷。

"要垮塌了！"小盖子喊道。

一大片天花板坠落下来。转眼间每个人都会被压扁。这都是因为佐佐。因为他的仇恨。很久很久以前，他没能好好保护他的玩具朋友。此刻，再也不能让那样的事情发生了。

他抬起机器的腿，竖起那根蝎子尾巴，让它们顶住正在坍塌的天花板。

"快跑！"他命令道，语气像昔日那个国王一样威严，"快跑！"

比利抓住奥利的耳朵，随着最后一批玩具和垃圾场老友帮，甚至包括那些鬼头，匆匆奔向天鹅船和冰冰。又一片天花板坠落下来，佐佐调动所有的机器腿和蝎子尾，不让天花板全部坍塌。最后一批人爬上了天鹅船和冰冰，与此同时，天花板、墙壁——所有的一切——开始彻底垮塌，佐佐用一条腿把船推开，送入了河道。

比利紧紧抱住奥利，他们扭头望去，看到那个房间被完全掩埋。萤火虫不见了——那个闪亮的妮娜不见了。

佐佐也不见了。

他被埋了。

但他重新……成为了国王。

第三十四章

告别令人难过

激战之后，是一阵异样的静默。

天鹅船停靠在情侣隧道的外面。冰冰又开始在陆地上行驶，跟绿剪刀重新连接。大家站在那儿，都知道自己的生活跟以前不同了。他们缔结了友谊，经历了伟大的征程，赢得了战役，此刻已经化敌为友。比利疑惑地打量着四周。会说话的手套和涂料刷，残破的勺子士兵……真是令人太不习惯了。奥利栖在他的肩头，感觉到比利从草丛里捡起小飞马时，身子微微有些发抖。

"我想，我们得想出一个新的词来形容这一切。"奥利说。

"这是一场真正的冒险。"比利说。

"不是冒进？"

"不是。那是小孩子说的话。这是一场冒险。"

奥利想了想。不知道他和比利是不是还会再次经历这样了不起的冒险。风势渐渐增大，天空中的亮光引起了他们的

注意。是那些萤火虫，不停地飞舞穿梭，最后组成两个熟悉的形状。一个是妮娜，另一个是谁呢？他们起初不能确定，接着便都明白了。

"是佐佐。"大象敬畏地轻声说。每一个玩具、鬼头和垃圾，都开始一遍遍地轻声念叨他的名字。

"佐佐。""佐佐。""佐佐。"

唯独比利没有出声。奥利也在念叨佐佐的名字。佐佐曾经像他一样也是玩具，奥利看见佐佐和妮娜——两个闪烁的幽灵，随风飘舞，在树丛上空渐渐远去——这情景深深打动了奥利。佐佐忘记他的仇恨，回忆起了一切，奥利一边想，一边把手放在了自己的胸口。他的这颗心，经历过多么漫长的旅程啊。

在这么短的时间里，发生了这么多事，出现了这么多变化，任何语言都不足以形容。随着所有这些变化，他们彼此达成了一种微妙的默契。

现在该回家了。

回家，就意味着这支五花八门的团队要彼此告别。

于是，垃圾场老友帮爬上冰冰，准备返回垃圾场。对奥利来说，告别是一种新的体验。他在公园里跟几条狗说过再见，但是告别，感觉比说再见要沉重得多。感觉要分别很长、很长时间。简直就像"不知道我还能不能再见到你"。甚至，

甚至，**甚至**是一种永别。奥利觉得这是非常重要的事，比轻飘飘的两个字凝重得多。

比利也是这种感觉，他虽然还不太认识这些玩具和垃圾，但他们齐心协力来救他，他们都是奥利的朋友——这想起来有点别扭，奥利除了比利竟然还有别的朋友。说实在的，这让比利感到有点不舒服，有点嫉妒。但是他把这种感觉推开了，他让奥利坐在自己肩头，迈步朝越野移动垃圾攻击车走去。

"多谢了，伙计们。"他害羞地说。

"不客气，总统先生！"垃圾场老友帮异口同声地说，声音响亮。

比利微微摇摇头，笑了。"我只是比利。"

"不客气，'我只是比利'总统先生！"他们回答。比利决定不再去纠正他们。接下来，谁也不知道该说什么，于是彼此都保持沉默。他们沉默了那么久，气氛变得有些奇怪和不自然了。终于，奥利从比利肩头跳下来，站在他的那些新朋友中间。小卷子、小盖子、钟大姐、小刷子、小左子、键盘、冰冰、绿剪刀、宠物石和叮叮都聚拢在他周围。他们刚认识一个晚上，但有时候，一个晚上就够了。

"有空到垃圾场来玩。"钟大姐说。

"我会的。"奥利一口答应。"谢谢你们，谢谢你们做的

OLLiE'S ODYSSEY

一切。"

"喂，"宠物石说，"谢谢你！多少年没有人扔我了！"
这话逗得大家都笑了起来。笑声平息后，奥利看着他们，脸
上带着忧伤的笑容，心头感觉沉甸甸的。他重新跳上比利的
肩头。电影里的告别总是伴有音乐，听上去很有告别的气氛。
现实中的告别没有音乐，但感觉这么真切。他不愿意说出"再
见"这个词。

他看着叮叮。这个易拉罐比他们任何垃圾都勇敢，奥利
实在不舍得与他告别。易拉罐微微鞠了一躬，像往常一样叮
叮作响。接着，易拉罐猛地一跳，以惊人的准头落进了比利
敞开的背包。他们能听见他在背包里调皮地发出叮叮、叮叮
的声音。

"叮叮其实不算垃圾。"钟大姐说，奥利点点头。可是，
他仍然不知道怎么跟其他人告别。这时，他想起看过一部电
影，里面的七位好汉跟一伙坏蛋打仗，后来好汉们打赢了，
他们彼此没有说"再见"，而是说了另一个词，于是，奥利
挥挥手，把那个词说了出来。

"后会有期。"

绿剪刀回答："后会有期，老哥们儿。"他给马达加速，
载着垃圾大军离开了。垃圾场老友帮都在不停地挥手。奥利
目送着他们，直到他们消失在黑暗中。

比利以前没有真正地见过奥利忧伤，一时间，他觉得跟这位好朋友的距离变得有点……遥远。他们一直形影不离，所以对事情的感觉差不多都是相同的。只是当比利难过时，奥利会卖萌搞笑逗他开心。此刻，比利不知道这种忧伤能不能通过卖萌搞笑治愈。这种忧伤，似乎比"擦破膝盖"或"冰棍掉在地上"的忧伤严重得多。于是，比利决定只说知道他们需要做什么。

"我想，我们应该回家了，奥利。"奥利点点头，突然，他们听见身后传来咳嗽声，似乎有人想引起他们的注意。接着，一个局促不安的小声音说话了。

"我们也想回家。"比利和奥利转过身。非常耐心地站在那儿的，是那些被遗忘的玩具！他们都满含希望，眼巴巴地看着比利和奥利。陈旧，褪色，被磨损，变得破烂不堪，你从没见过这么渴望回家的一群人，但他们沉默地保持着一分尊严。他们真像古老的骑士，身经百战，比利想，现在终于准备回家了。

"你们还记得自己以前住在哪里吗？"奥利问。玩具们郁闷地挪了挪脚。

"不大记得了。"独眼泰迪熊说。

"我是一头大象，本来应该记得的，"大象接着说道，"可是也忘记了。"他们都低下头，似乎伤心欲绝。

比利转向奥利。"我们必须想个办法！"奥利惊讶地看着比利。破天荒第一次，比利竟然问他该怎么办。可是没等奥利回答，比利口袋里响起了一个发闷的声音。是特级鬼头。准确地说，是他的脑袋。比利已经把它彻底忘得精光。他把那颗黏着口香糖的小脑袋拿出来，特级鬼头开口说起话来，语速很快。

"我记得！我记得他们每个人住在哪里。他们都是我帮着偷来的！！我是特级鬼头呀，不是吗？！"其他鬼头也都凑了过来。

"但我们是坏蛋。我们不能把他们送回家。"二号鬼头表示反对。

"谁说的？"特级鬼头拿腔拿调地说，"我们是世界上最好的坏蛋。好了，快打起精神来行动吧。尝试一点新玩法。你们懂的，迎接真正的挑战。"

三号鬼头耸了耸肩。"他说得有道理。做好事就是一个最大的挑战。"

"好吧，就这么定了。"特级鬼头咧开嘴笑了，"拜托，谁能给我找一个身子。快点。我们要去的地方可不少呢！"

比利把特级鬼头的脑袋扔到了鬼头大军里。

"谢了，孩子。"特级鬼头说，"你和那个手工玩具真是好样的。"

鬼头们开始组织那些心爱的玩具，泰迪熊们走过来，朝比利敬了个礼。

"很荣幸为你效劳，总统先生。"独眼泰迪熊说。比利微笑着回礼。

"你交了不少新朋友。"奥利半开玩笑地说。

"别担心。"比利说，他让奥利紧紧地绕在他的脖子上，然后迈步离开，"最心爱的，我只有一个。"

他们走出旧游乐场，踏上了回家的路，泰迪熊们唱起了"向长官致敬"，那台旧旋转木马也跟着唱了。

比利和奥利不用走多久就到家了。比利留下的玩具小人给他们指明了道路。一首非常好听的歌在后面欢送他们。

第三十五章

玩具小人

他们开始往家走。

　　"我们应该往补丁爪的方向……"奥利对比利说，"不，等等……走另一边？……嗯……"这个夜里，奥利做过许多惊人的事情。他完成了惊险的旅程，领导了一支即使在白日梦里也没见过的大军。然而他意识到，自己并不知道回家的路。

　　"没关系，奥利。"比利说，"我一路留下了朋友，可以给我们指路。"他从口袋里掏出小飞马，"其他小朋友都在路上呢。"

　　"你真会留线索啊，比利。"奥利说，然后他钻进比利的背包，让这个夜晚静静地过去。偶尔，比利会俯下身，又捡起一个活动小人（其中三个是武士公主），家越来越近了。彼此有那么多的话要谈论和交流，但那些都可以稍后再说。

回家的路，似乎跟以前大不一样了。实际上，比利和奥利现在也有了很多改变。这些改变是看不见的，不过他们的模样也确实变了——浑身脏兮兮的，沾满灰尘、草汁和烂泥巴。奥利的布料上甚至还扎着几枚小小的箭。

但他们的改变更多是内在的。改变的方式他们还不能完全理解。公园的大门隐约可见时，奥利说话了："我们要把妮娜和佐佐的事告诉妈妈吗？"

比利思索了片刻，最后说道："不。妈妈会……会大惊小怪的。"

"那么，你就说你是出来找我的，我还在原来的地方。"

比利轻声地笑了。奥利知道，如果大人看见他们这样偷偷溜回家，肯定会提出一大堆问题，但是他太累了，想不出更多的主意。而且，比利也许是对的。大人喜欢提问题，但似乎并不那么喜欢听对方回答。

"天哪，我们今晚做了**那么多**勇敢的事，比利。"他说。

"是啊，我们面对了**那么多**麻烦和困难……"

"还跟**那么多**坏人打架，还遇到了**风暴**……"

"还参加了激烈的战斗！"

"**还救了对方的命！**"

比利停住了。他俯下身，捡起了未知星球的树枝人蝈蝈佬。他把塑料小外星人递给奥利，"它是最后一个。"

201

　　"好样的，蝈蝈佬。"奥利低声对玩具说，然后把它塞进了背包。马上就要到家了。

　　"我们救了**那么多**人的命。"比利用一种恍惚的声音说，两人都想起了垃圾场老友帮，那些被遗忘的玩具、鬼头，还想起了佐佐和妮娜。

　　"知道吗，奥利，世界上有许多奇奇怪怪的事情，"疲惫的、满身泥浆的男孩说，语气里简直透着一些哲理呢，"一会儿倒霉，一会儿欢喜。又吓人，又安全。都在**同一**时间。"

　　奥利完全同意。但他同时感到一丝不安——比利，他的小主人比利，说话的口气几乎像大人一样了。几乎。他往叮叮身边靠了靠，不再去想这件事。比利背着他们走出了公园的大门。他两边望望，从容地穿过马路，似乎并不认为这是什么了不得的事。他们看见了一道道亮光。数不清的亮光。**警车停在比利家的门口**！

　　"哎呀，"比利说，"我们可能要坐牢了！"

　　"而且牢门钥匙会被扔得很**远**！"

第三十六章

在门槛上

回家的感觉好奇怪。在草坪上和房子周围，有那么多的警车，那么多的亮光一闪一闪，比利和奥利走进院子时，一些男警察和女警察都盯着他们看。

"我们投降！"比利说着，举起了双手，"我们没经批准穿过了许多马路……"

这时，妈妈从门廊上飞跑下来，比利从没见妈妈跑得这么快过。而且，妈妈穿着睡衣和睡袍！当着这么多人的面！

妈妈伸出双臂，差点把比利撞倒，她一把抱起比利，搂得紧紧的。真紧啊。

"比利！比利！比利！"妈妈用带着哭腔的声音说了一遍又一遍。她紧紧抱着比利不撒手，把奥利从背包里挤了出来。她抱着比利跑过草坪，跑上了家门前的台阶。

奥利问比利："我们遇到麻烦了？"

"我也不知道。"比利在妈妈令人窒息的拥抱中轻声回答。

妈妈冲进敞开的前门时，奥利从比利的背包里掉出来，落在了门口的地板上。

奥利坐在门槛上。既不在屋里，也不在屋外，而是在中间。黎明前的寂静，似乎让夜晚的各种声音都安静下来。雷声，风声，树叶翻转的声音，以及所有的喊叫声和歌声，此刻仿佛都成了一个非常鲜活的梦。奥利看不见比利和他的妈妈，他们都在走廊那头的电视屋里，比利的爸爸和那些警察似乎在那间屋里七嘴八舌地说话。奥利听不清他们在说什么。

他坐在门槛上，心里想着一切。他想到了捡易拉罐的人，想到了那些被丢失的玩具，还想到了他的垃圾场好友。他想到了佐佐和妮娜。但想得最多的是未来。他知道一切都会改变。他知道比利会长大成人，再怎么幻想，也阻止不了这一点。最令他感到安慰的，是捡易拉罐的那个人的脸。是那个人脸上回忆的神情。记得。"记得"这个词，让奥利感到那么真实。不管是假装的还是现实的，只要能被记得，就是真的。只要能被记得，就不会消失。

"记得"真是一个好词。

奥利现在知道了。

比利永远都会记得。

奥利永远不会忘记。

奥利坐在那儿，听见走廊里传来了脚步声，但是屋里很黑。他希望是比利。于是，他静静地等待漫长的冒险旅程开启下一个篇章。

绿色印刷　保护环境　爱护健康

亲爱的读者朋友：

　　本书已入选"北京市绿色印刷工程——优秀出版物绿色印刷示范项目"。它采用绿色印刷标准印制，在封底印有"绿色印刷产品"标志。

　　按照国家环境标准（HJ2503-2011）《环境标志产品技术要求 印刷 第一部分：平版印刷》，本书选用环保型纸张、油墨、胶水等原辅材料，生产过程注重节能减排，印刷产品符合人体健康要求。

　　选择绿色印刷图书，畅享环保健康阅读！

北京市绿色印刷工程